暴挙

私刑執行人

南　英男

Minami Hideo

文芸社文庫

目次

プロローグ

約束の時刻が迫った。

若い心臓外科医は、慎重にアイスボックスを抱え上げた。中身は脳死体から摘出された心臓だった。渋谷区内にある大きな総合病院だ。

初秋のある日の正午前だった。

今朝《けさ》早く、バイク事故で入院中だった二十四歳の男性が脳死状態に陥《おちい》った。青年は一年あまり前に臓器提供の登録を済ませていた。両親は息子の気持ちを尊重し、病院側に心臓の提供を申し出た。

病院側は、ただちに心臓外科のベテラン医師たちにチームを組ませた。心臓外科部長が自らメスを握り、数十分前に青年の心臓を取り出した。それは、すぐに凍結処理を施《ほどこ》された。

〝凍った心臓《フローズン・ハート》〟は、横浜にある大学病院の移植外科病棟の手術室に搬送《はんそう》されることになっていた。臓器移植を受ける予定の女子大生は、幼いころから重い心臓疾患に悩まされつづけてきた。心臓の移植手術を受けなければ、余命はいくばくもない。

移植手術の成功率は、およそ八十パーセントだった。レシピエントの女子大生は不安を覚えながらも、手術に望みをかけることにしたのである。

若い心臓外科医はアイスボックスを両腕でしっかりと抱え、病院の救急専用口に向かった。

車寄せには、白っぽいワゴン車が見える。全日本臓器移植ネットワークの車だろう。若いドクターは、そう思った。全日本臓器移植ネットワークは、臓器提供者《ドナー》と移植を受ける患者《レシピエント》の仲介をする国内唯一の公的機関だ。

ワゴン車から二十六、七歳の男が出てきた。ハンサムで、上背《うわぜい》もある。初めて見る顔だった。新入りの職員なのか。

「チーフ・コーディネーターの渥美《あつみ》さんは、どうなさったんです？」

若手ドクターは、端整な顔立ちの男に訊《き》いた。

「あいにく急用ができまして、渥美はこちらに来られなくなってしまったんですよ」

「それで、あなたが代理を務《つと》められることになったのか」

「はい、そうなんです。初めまして、田中雄介《たなかゆうすけ》と申します。どうかよろしくお願いします」

相手が折目正しい挨拶《あいさつ》をした。

「わたしは武藤《むとう》です。こちらこそ、どうかよろしく！」

「ドクター、早速ですが……」

「あっ、そうだね。一刻も早くフローズン・ハートを先方に届けてもらわないとな」

武藤は急《せ》かされ、アイスボックスを田中に手渡した。

臓器移植は時間との勝負である。ドナーの体内から取り出された臓器は、驚くほど傷《いた》みが速い。

アイスボックスで摘出臓器を低温に保《たも》った状態でも心臓の場合、最長四時間しか鮮度を維持できない。これは、血流を止めてから再開するまでのぎりぎりの時間だ。医学用語では、阻血許容時間《そけつ》という。

「確かに移植用心臓をお預かりしました」

「先導のパトカーは当然、待機してるんですね？」

「ええ、もちろんです。東京消防庁のヘリもスタンバイしてます。では、急ぎますんで失礼します」

田中が大きく腰を折り、急ぎ足でワゴン車の中に戻った。

武藤は安堵し、医局に足を向けた。摘出チームの中で、三十二歳の彼が最も年少だった。

医局には誰もいなかった。武藤はインスタントコーヒーを淹《い》れ、長椅子に腰かけた。

マグカップが空になったとき、心臓外科部長の市毛《いちげ》が蒼《あお》ざめた顔で医局に駆け込んできた。四十九歳の市毛は、摘出の執刀医だった。

「武藤君、きみはなんてことをしてくれたんだっ」

「市毛部長、いったい何の話なんでしょう?」

武藤はソファから立ち上がり、控え目に問いかけた。

「フローズン・ハートのことだ。きみがアイスボックスを渡した相手は、偽の職員だったんだっ」

「なんですって⁉ それでは、わたしは移植用の心臓を騙《だま》し取られたことに……」

「そう、そうなんだよ。本物の職員がフローズン・ハートを取りに来て、大変な騒ぎになってる」

「も、申し訳ありません。わたしのミスです。この責任はわたしが取ります」

「きみだけの責任じゃ済まない。臓器の引き渡しに立ち合わなかったチームリーダーのわたしも当然、責任を問われる」

「部長は少しも悪くありません。騙されたわたしが全責任を負います」

「きみが責任を取りきれるものじゃないだろうが!」

市毛が声を荒らげ、言い重ねた。

「フローズン・ハートを騙し取られたことがマスコミに知れたら、身の破滅だ。執刀医のわたしは職場を追われるにちがいない」

「………」

「わたしに、いい考えがある。武藤君、刃物を持った偽職員にアイスボックスを強奪されたということにしよう。そうすれば、われわれの責任は少し軽くなる」

「それはそうですが」

「臓器移植法で、摘出臓器は無償提供と定められてる。フィリピンやインドのように臓器そのものに値がついてるわけじゃないから、われわれが金銭的な補償を求められることもない」

「しかし、横浜の大学病院ではドナーが待っているわけですから、フローズン・ハートには大きな価値があります」

「そんなことはわかってるさ。とにかく、わたしと口裏《くちうら》を合わせてほしいんだ。武藤君、いいね？」

「は、はい」

　武藤は不本意ながらも、同意せざるを得なかった。医師の上下関係は軍隊並だ。上司に逆《さか》らうことは難しい。

「フローズン・ハートを騙し取った奴は、レシピエントの親から金をせびる気なんだろうな」

「丈夫な心臓を娘に移植したかったら、奪ったフローズン・ハートを高値で買い取れってわけですか？」

「ああ。犯行目的は、それしか考えられない。横浜の大学病院で待機してる女子大生は当然のことだが、家族もきょうの日を心待ちにしていたはずだ」

「ええ、そうでしょうね」

「レシピエントの父親は大変な資産家だという話だから、移植用心臓を犯人側の言い値で買う気になるにちがいない」

「そうかもしれませんね」

「犯人は女子大生の親が金持ちであることを調べ上げて、フローズン・ハートを人質代わりに押さえたんだろう」

「悪賢い奴だ。それはそうと、田中と名乗った男は、なぜ脳死体から心臓が取り出されたことを知ったんでしょうか？　まさかうちの病院のドクターが田中に情報を流したなんてことは……」

「そんなことはあるわけない。おおかた犯人はネットワークから心臓摘出の情報を盗み出して、職員になりすましたんだろう。そんなことより、われわれは偽職員に刃物で脅されて、仕方なくアイスボックスを渡してしまった。武藤君、そういうことだからな」

　市毛は念を押すと、慌《あわ》ただしく医局から飛び出していった。武藤はへなへなと長椅子に坐り込み、頭髪を掻《か》き毟《むし》った。

心臓外科部長の市毛がふたたび医局を訪れたのは、数十分後だった。

「やっぱり、わたしの推測は正しかったよ。犯人は女子大生の親許《おやもと》に電話をして、フローズン・ハートを二億円で買い取れと要求したそうだ」

「に、二億円ですか⁉」

「そうだ」

「それで、レシピエントの父親はどんな対応をしたんです？」

「娘のために二億円の現金を掻き集めて、移植用の心臓を買い取るそうだ。金の受け渡し場所は、大学病院の近くだという話だった。時間は、およそ一時間後らしい」

「そうですか。事がすんなり運んだとしても、心臓の阻血許容時間は残り二時間そこそこですね。移植手術は大丈夫なんでしょうか？」

「ぎりぎりだが、なんとか間に合うだろう」

「それを祈りたい気持ちです」

武藤は低く呟《つぶや》いた。自分の迂闊《うかつ》さを呪《のろ》わずにはいられなかった。

レシピエントの父親は二億円でフローズン・ハートを売りつけられた上、心臓移植手術費や入院費で約二千五百万円が必要だ。心臓移植手術に保険は適用されない。患者の自己負担である。

ただ、実際には病院側が研究費という名目で費用を肩代わりするケースが少なくない。それにしても、レシピエントの家族の負担は重すぎる。

武藤は溜息をついた。市毛は憮然《ぶぜん》とした面持《おもも》ちで突っ立っていた。


数十分後のことである。

横浜の大学病院の裏手にある市民公園の際《きわ》に、黒っぽいワンボックスカーが停まった。近くの植え込みの近くには、二つの大型ジュラルミンケースが置いてあった。どちらのケースにも、一億円の札束が詰まっている。レシピエントの父親が用意した二億円だ。

ワンボックスカーのスライドドアが開き、二十六、七の男が降りた。田中と名乗った偽移植コーディネーターである。

アイスボックスを抱えていた。中身は、詐取《さしゅ》したフローズン・ハートだった。

田中は神経質に周囲に目を配った。

あたりに刑事たちの姿は見当たらない。女子大生の父親は犯人側の脅しに屈《くっ》し、警察に通報しなかったのだ。

田中はアイスボックスを公園の縁石のそばに置くと、両手でジュラルミンケースを持ち上げた。いかにも重たげだった。

二つのジュラルミンケースを車の中に運び入れると、田中は後部座席に乗り込んだ。

相棒のドライバーがワンボックスカーを急発進させた。タイヤが軋《きし》み音をたてた。脇道から
ワンボックスカーは百数十メートル走ると、パニックブレーキをかけた。
七十五、六歳の女性が飛び出してきたからだ。
鈍い衝突音が響き、撥《は》ねられた老女が高く宙を舞った。まるでマネキン人形のよう
だった。路面に叩きつけられた被害者は微動《びどう》だにしない。手脚《てあし》が捩《ねじ》曲がっていた。
「危《ヤベ》え、人身事故をやっちまったよ」
ドライバーがいったん車をバックさせ、すぐにギアをD《ドライブ》レンジに入れた。
ちょうどそのとき、倒れたままの老女に十六、七歳の少女が駆け寄った。制服姿で、
手提《てさ》げ鞄を持っている。
少女は老女の顔を覗《のぞ》き込み、大声で何か呼びかけた。
だが、なんの反応もなかった。
少女はワンボックスカーのナンバープレートに目を当てながら、手提げ鞄の中から
パーリーホワイトの携帯電話を摑《つか》み出した。
田中の顔色が変わった。彼は相棒に車を停めさせると、あたふたと外に出た。少女
に走り寄るなり、ほっそりとした首筋に刃物を当てた。
フォールディング・ナイフだった。刃渡りは十三、四センチだ。
少女が短い悲鳴を洩《も》らし、怯《おび》え戦《おのの》きはじめた。

田中は少女を乱暴に立たせた。それから折り畳み式ナイフで威嚇《いかく》しながら、少女を無理やりにワンボックスカーの中に押し込んだ。

少女は竦《すく》み上がり、声もたてなかった。田中が素早く少女の横に坐った。ほとんど同時に、ワンボックスカーが走りだした。

「おまえ、一一〇番する気だったんだろ？」

田中が円《つぶ》らな瞳の少女に確かめた。

「わ、わたし、救急車を呼ぶつもりだったんです」

「どっちでもいいさ。おれたちは、おまえにまずいとこを見られちまった。すんなり帰すわけにはいかねえな」

「わたしをどうする気なの⁉」

「さあ、どうすっかな」

「わたし、警察には何も言いません。だから、車を停めてください。お願いします」

少女は涙声で哀願した。

「よく見ると、案外、マブいじゃねえか。高校生だろ？」

「早く車を停めて！」

「でっけえ声を出すんじゃねえよ」

田中が顔をしかめ、寝かせていた刃をゆっくりと起こした。

切っ先が少女の白い項《うなじ》にめり込む形になった。田中が残忍そうな笑みを浮かべた。

少女の頬は恐怖で引き攣《つ》っている。

「もう一度訊《き》くぜ。高校生だな？」

「は、はい」

「何年生なんだ？」

「いま、二年です」

「名前は？」

「………」

「まさか自分の名前を忘れたわけじゃねえよな？」

「わたし、あなたたちのことは誰にも話しません。約束します。だから、もう勘弁してください」

「おれの質問に答えねえと、おまえの頸動脈《けいどうみゃく》を掻っ切るぜ。血煙が派手に上がりそうだな」

「やめて、やめてください。岩上《いわがみ》です」

「下の名前も知りてえな」

「千晶《ちあき》です」

「ちょっと古めかしいけど、いい名前じゃねえか。おれのセックスフレンドのひとりにしてやってもいいぜ」

　田中がにやつきながら、岩上千晶の長い髪を撫《な》ではじめた。千晶が体を強張《こわば》らせた。

「おい、その娘《こ》を車ん中で姦《や》っちまえよ。スモークの窓だから、外からは見えやしねえって」

　相棒がステアリングを操《あやつ》りながら、ハンサムな男を唆《そそのか》した。

　田中は口許をだらしなく緩《ゆる》め、千晶の耳朶《みみたぶ》を甘咬《あまが》みした。

「変なことはやめて」

「おまえ、もう男を識《し》ってんだろ？」

「そういう質問には答えたくありません」

「もしかしたら、ヴァージンだったりしてな」

「お願いだから、もう帰らせて！」

　千晶は哀願した。

　田中は返事の代わりに、千晶の乳房をまさぐりはじめた。千晶は全身で抗《あらが》ったが、無駄な努力だった。

　田中はナイフを折り畳むと、せっかちに千晶のスカートの中に片手を潜《もぐ》り込ませた。

　千晶はわななきながら、懸命に屈辱感に耐えつづけた。

第一章　凍《フローズン・ハート》った心臓

1

ようやく店内の掃除が終わった。

一週間ほど休業しただけで、店にはうっすらと埃《ほこり》が溜《た》まっていた。湿っ気もあった。

唐木田俊《からきだしゅん》は手早くモップを片づけ、軒灯《けんとう》のスイッチを入れた。

プールバー『ヘミングウェイ』だ。店は四谷三丁目の裏通りに面している。

店内は割に広い。左側に三卓のビリヤードテーブルが並び、右手にL字形のカウンターがある。

唐木田はオーナーだ。といっても、まだ三十八歳だった。

知的な面差《おもざ》しだが、ひ弱な印象は与えない。長身で、全身の筋肉は鋼《はがね》のように逞《たくま》しかった。

唐木田は、アーネスト・ヘミングウェイの小説の愛読者だ。そんなことから、猟銃自殺してしまった文豪の名を店名に使わせてもらったのである。

ヘミングウェイが愛飲していたカクテルも、店のメニューに入っていた。だが、唐木田自身はダイキリはめったに飲まなかった。

BGMにブルース・スプリングスティーンの鋭角的なロックを選び、カウンターの中に入る。まだ午後八時前だった。

あと数日で、十月に入る。だが、秋の気配はあまり感じられない。

唐木田は酒棚《さかだな》に凭《もた》れて、ラークマイルドに火を点けた。

彼は数年前まで、東京地裁刑事部の判事だった。司法試験に合格したのは、二十三歳のときだった。司法修習中に大学時代の恩師の勧めで、裁判官の道を選んだ。

それまでは検事をめざしていた。しかし、判事の為《な》り手が少ないことを知り、持ち前の反骨精神が頭をもたげたのである。

検事や弁護士と違って、裁判官の仕事は地味そのものだ。それでも唐木田はそれなりの夢を抱き、意欲もあった。

しかし、最初の赴任先である名古屋地裁で早くも法の無力さに絶望してしまった。

本来、法律は万人に公平であるべきだ。だが、それは建前に過ぎなかった。現実には警察も検察もフェアではない。

どちらも政府筋や外部の圧力に屈《くっ》している。そのことを裏付ける証拠がある。

権力と繋《つな》がりのある犯罪容疑者に対する取調べはおおむね甘く、求刑も軽い。多くの場合は不起訴処分になる。

しかし、一般庶民の犯罪に手加減はされない。社会のはぐれ者たちが刑法に触《ふ》れれば、それこそ容赦《ようしゃ》ない扱いを受ける。外国人たちの違法行為にも手厳しい。

唐木田は次第に警察や検察の姿勢やあり方に疑問を抱くようになった。

とはいえ、駆け出しの判事が口幅ったいことは公言しにくい。苛立《いらだ》ちが募《つの》り、自己嫌悪感にさいなまれた。

警察と検察の馴《な》れ合いは、いっこうに改まる様子はなかった。検察と裁判所も出来レースを繰り返している。

日本の刑事事件の有罪率は、九十九・九パーセント以上だ。これほど高い有罪率は世界に例を見ない。ある意味では、実に怕《こわ》い数字と言えるのではないか。

政府を後ろ楯《うしだて》にしている検察の力は、とてつもなく強大だ。

裁判官たちはそのことに気圧《けお》され、ともすれば検察の主張を鵜呑《うの》みにする傾向がある。少なくとも、裁判所は検察との摩擦《まさつ》を好まない。

検察に控訴《こうそ》されて、判決が修正された場合、担当判事は大きな失点を負わされる。

唐木田は、上司や検察側の顔色をうかがう同僚裁判官をうんざりするほど見てきた。

各地の地裁を転々としているうちに、彼は刑事裁判の主導権を検察が握っていることを覚《さと》らされた。

ショックは大きかった。そうした背景がある限り、とうてい公正な裁きはできない。唐木田は東京地裁に転属になった三年前、意識改革の必要を強く感じた。同僚たちに呼びかけてみたが、ついに賛同者はひとりも現われなかった。

そんなとき、唐木田はある殺人事件の判決を巡って、裁判長や同僚判事たちと意見がぶつかった。

事件は、ごくありふれたものだった。殺人罪で起訴された食堂経営者はサラ金業者の悪辣《あくらつ》な取立てに腹を立て、肉切り庖丁《ぼうちょう》で集金係の男の心臓をひと突きにしてしまった。

被告人は犯行直前に集金係にさんざん殴打されたあと、女子大生の娘をソープランドに売り飛ばすと凄まれた。それは、単なる威《おど》しではなかったようだ。サラ金業者の実弟は関西でソープランドを経営していた。

唐木田は被告人に情状酌量《しやくりよう》の余地があると考え、懲役五年の実刑判決が妥当《だとう》だと主張した。だが、彼の意見は聞き入れられなかった。

裁判長をはじめ、同輩判事たちは揃《そろ》って懲役七年の判決を下《くだ》した。彼らが検察に控訴されることを恐れたのは明らかだった。

唐木田は失望し、敗北感にも打ちのめされた。追い討《う》ちをかけるように、数カ月後に新妻が急死した。交通事故死だった。

唐木田は、どうしようもない虚《むな》しさに襲われた。判事をつづけていく気力を失い、半年後に東京地裁を去った。

誰にも慰留《いりゅう》はされなかった。もともと唐木田は職場で浮いた存在だった。

その気になれば、すぐにも東京弁護士会に入会登録することはできた。しかし、もう法曹界《ほうそうかい》で仕事をする気にはなれなかった。

唐木田は無為徒食《むいとしょく》の日々を送っているうちに、法網《ほうもう》を巧《たく》みに潜《くぐ》り抜けている権力者や大悪党に烈《はげ》しい怒りを覚えるようになった。そうした仮面紳士どもをのさばらせておくのは忌々《いまいま》しい。業腹《ごうはら》だ。

権力や財力を悪用している悪党たちは、法では裁けない。そこで、唐木田は非合法な手段で救いようのない極悪人を私的に断罪する気になった。

知人から多くの情報を集め、慎重に三人の仲間を選び、闇裁き軍団を結成した。特に組織名はない。スポンサーの類《たぐい》もいなかった。

リーダーの唐木田は三年近く前に、潰《つぶ》れたプールバーの権利を居抜きで買い取った。酒場のマスターは世間の目を欺《あざむ》くための表稼業だった。

唐木田は『ヘミングウェイ』をアジトにしながら、これまでに三人の仲間と一緒に百人以上の悪人を密《ひそ》かに葬《ほうむ》ってきた。

そのうちの約三分の一はクロム硫酸の液槽《えきそう》に投げ込み、短時間で骨だけにした。骨はハンマーで粉々《こなごな》に砕《くだ》き、水洗トイレに流してしまった。

唐木田たち四人は巨悪狩りを重ねているが、高潔な私刑執行人というわけではない。悪人どもを始末する前に、たいてい彼らが溜め込んだ汚れた金を脅し取っている。

その総額は、とうに八百億円を超《こ》えていた。ほぼ全額、香港《ホンコン》の銀行にプールしてある。密殺軍団の活動資金だ。

唐木田を含めてメンバーの三人は、毎月二百五十万円の給料を受け取っている。だが、現職刑事の仲間だけは頑《かたくな》に報酬を受け取ろうとしない。唐木田は現職刑事の美学を尊重し、無給で働いてもらっていた。

カウンターの端に置いてある携帯電話が着信ランプを瞬《また》かせはじめた。唐木田は煙草の火を揉《も》み消し、携帯電話を耳に当てた。

電話をかけてきたのは、チームメンバーの浅沼裕二《あさぬまゆうじ》だった。

美容整形外科医である。浅沼医院は広尾にあった。自宅も兼ねていた。三十四歳の浅沼は俳優顔負けの二枚目で、経済的にも豊かだ。

独身とあって、女たちにモテまくっている。セックスフレンドは三十人ではきかない。愛称はドクだ。

ふだんは主に女たちから情報を集める役をこなしているが、ただの優男《やさおとこ》ではない。いざとなったら、メスや鉗子《かんし》を武器にして悪人たちとも敢然と闘う。吹き矢《ブロウガン》で、ダーツ付きの麻酔薬アンプルを飛ばすこともうまい。

ただ、クールな浅沼には妙な思い入れや青臭い正義感はなかった。チームの仕事は、あくまでも率のいいサイドワークと割り切っている。

浅沼は黒いポルシェやクルーザーを所有しながらも、呆《あき》れるほど物欲が強い。女好きの美容整形外科医はフランスの古城を別荘として買い取り、自家用ジェット機で空の旅をすることを夢見ていた。

「ドク、横浜の大学病院の周辺で何か有力な目撃情報は？」

唐木田は問いかけた。チーム仲間の岩上宏次郎《こうじろう》のひとり娘の千晶がちょうど三週間前の正午過ぎに大学病院の近くで何者かに車で連れ去られた模様だが、行方はいまもわからない。

路上には、千晶の手提《さ》げ鞄と携帯電話が遺《のこ》されていた。また近くには、車で轢《ひ》き逃げされた老女が転がっていた。すでに彼女は死んでいた。

「残念ながら、これといった手がかりは得られませんでした」

「そうか。ご苦労さんだったな」

「チーフの推測は間違ってないと思います。岩上の旦那のひとり娘は大学病院の裏手で轢き逃げの現場を目撃したため、轢き逃げ犯に連れ去られたんでしょうね」

「それは、ほぼ間違いないだろう。これまでの調査で、千晶ちゃんが誰かとトラブルを起こしたり、逆恨《さかうら》みされてる可能性はゼロだからな」

「そうですね。岩上の旦那は職務をほったらかして、この三週間、娘さん捜しに駆けずり回ってるんでしょ？」

「ああ」

「仕事のほうは、大丈夫なんですかね？」

浅沼が心配そうに言った。唐木田は曖昧《あいまい》な答え方しかできなかった。

岩上は渋谷署刑事課強行犯《きょうこうはん》係の刑事である。四十三歳だ。五分刈りで、ずんぐりとした体型だった。

岩上は浅黒く、人相もよくない。だが、心根は優しかった。ことに弱者に注ぐ眼差《まなざ》しが温《あたた》かい。

岩上は猟犬タイプの刑事だ。仕事一途《いちず》で、あまり家庭を顧《かえりみ》なかった。そのことが原因で岩上は千晶が中学生のとき、妻の涼子《りようこ》と離婚してしまった。

岩上はひとり娘に未練を残しながらも、ひとり淋《さび》しく住み馴《な》れたわが家を出た。それ以来、彼はカプセルホテルを塒《ねぐら》にしている。時たまサウナで夜を明かしたり、夏は公園で野宿しているようだ。

唐木田は親しみを込めて、岩上のことをガンさんと呼んでいる。岩上のほうは冗談半分に、五つも年下の唐木田を親分と呼ぶ。

「チーフ、葬儀社の女社長のほうも何も収穫がないんですか？」

浅沼が問いかけてきた。

女社長とは、チームの紅一点の三枝麻実《さえぐさまみ》のことだ。二十九歳の麻実は、男たちを振り返らせるような美女である。プロポーションも悪くない。

唐木田の恋人でもあった。麻実の亡父は葬儀社を経営していた。彼女の実兄が家業を継《つ》ぎ、二代目社長になった。

しかし、彼は数年前に他界した。通り魔殺人に遭《あ》い、命を落としてしまったのだ。

そうした事情があって、妹の麻実が葬儀社の女社長になったわけだ。

それまで彼女は、海上保安庁第三管区海上保安部救護課で働いていた。

柔道、剣道のほかにフェンシングの心得があり、拳銃の取り扱いにも馴《な》れている。操船技術も確かだ。

葬儀社は品川区内にあるが、麻実は中目黒の賃貸マンションで暮らしている。唐木田は彼女の部屋に何度か泊まったことがある。

麻実は、凶悪な犯罪者を人一倍憎んでいる。彼女の実兄を擦《す》れ違いざまに出刃庖丁で刺した犯人は精神鑑定で心神《しんしん》喪失とされ、刑事罰を免《まぬか》れた。被害者側にとっては、なんとも理不尽な話だ。

麻実はそのことで、いまも憤《いきどお》っている。また、彼女は報酬の一部を匿名《とくめい》で犯罪被害者の会に寄附していた。

「麻実には仕事の合間に大学病院周辺や横浜の繁華街に立ってもらって、大勢の通行人にガンさんの娘の写真を見させたんだが、何も収穫はなかったんだ。おれ自身も千晶ちゃんの写真を都内の盛り場で通りかかった男女に見てもらったんだが、やっぱり……」

「そうですか。もう三週間も経《た》ってるわけですから、最悪の場合はホームレス刑事の娘さんはどこかで殺されてしまったとも考えられるな」

「ドク、物事を悪い方向に考えるのはやめよう」

「すみません。別に悪意はなかったんですよ。岩上の旦那が娘さんをとても大事にしてたことは知ってましたし、どこかで生きててほしいと願ってます。けど、未《いま》だに安《あん》否《ぴ》すらわからないとなると……」

「これは単なる勘なんだが、千晶ちゃんはきっと生きてる。おそらく轢き逃げ犯の自宅に軟禁されてるんだろう」

「監禁に近い状態にあるとしたら、岩上さんの娘さんはセックスペットにされてる可能性もあるんじゃないですか？」

「それは否定できないだろうな」

「女子高校生の体を弄《もてあそ》ぶなんて赦《ゆる》せないな」

「おれだって、ドクと同じ気持ちだよ。ガンさんの娘は恥ずかしい写真でも撮《と》られて、逃げるに逃げられない状況にあるんだろう」

「そうなのかもしれませんね。かわいそうに」

「一両日中に有力な手がかりを得られなかったら、四人で集まって作戦を練り直そう」

「わかりました。それじゃ、おれは招集がかかるのを待ってます」

浅沼が先に電話を切った。

唐木田は携帯電話を飴色《あめいろ》のカウンターに置き、またもや煙草をくわえた。客はやって来そうもない。

呑気《のんき》に店を開けている気分ではなかったが、あまり長く休業していると、どうしても人目につきやすい。裏稼業をカムフラージュするためには、もっともらしい芝居を打つ必要があった。

唐木田は一服し終えると、調理台のアイスピックを三本まとめて摑み上げた。すぐにカウンターを出て、ビリヤードテーブルの際《きわ》に立つ。

道路側の壁面には、ビリヤードのキューラックが嵌《は》め込んである。ラックの木枠には、ところどころ黒いサークルマークが見える。アイスピック投げの標的だ。唐木田は小学校のころから、ダーツに熱中してきた。そのせいか、アイスピック投げも得意だった。

宙に投げ上げたレモンを射落《いお》とすことができる。まだ一度も試《ため》したことはないが、飛ぶ鳥も射抜けるだろう。

唐木田は角度を変えながら、三本のアイスピックを標的に投げつけた。的《まと》は一度も外さなかった。

格闘技の心得のない唐木田は悪党どもと闘うとき、アイスピックを武器にしていた。その気になれば、アイスピック一本で人の命は奪える。敵の戦意を殺《そ》ぐには、充分な得物《えもの》だった。

唐木田はキューラックの前まで歩き、手早く三本のアイスピックを引き抜いた。標的から遠ざかり、今度は振り向きざまにアイスピックを投げはじめた。三度とも、サークルマークの中心部に突き刺さった。

唐木田は十回同じことを繰り返し、次にビリヤードテーブルに向かった。緑色のラシャ布の上に手球《てだま》と的球《まとだま》を置き、キューを手に取る。唐木田は先端のタップに滑り止めのチョーク・パウダーを塗りつけ、高度な撞《つ》き方の練習に励みはじめた。

それから間もなく、二十代後半のカップル客が店に入ってきた。一見《いちげん》の客だった。

「いらっしゃいませ」

唐木田は愛想よく言った。一拍置いて、サラリーマンらしい男が口を開いた。

「お客さん、誰もいないようですね？」

「ご覧の通りです。あなた方が口開けのお客さんということになりますね」

「ぼくらだけじゃ、なんか落ち着かないな。悪いけど、別の店に……」

「ええ、かまいませんよ」

唐木田は引き留《と》めなかった。カップルがきまり悪そうに、そそくさと表に出た。

プールバーは、あくまでも隠れ蓑《みの》だった。開業当時から採算は度外視していた。月々の赤字はチームのプール金で補っている。

唐木田は、ふたたびキューを構えた。

ちょうどそのとき、麻実が店にふらりと入ってきた。ベージュのパンツスーツ姿だった。今夜も美しさは際立《きわだ》っているが、いくらか疲れた様子だ。

「千晶ちゃんの写真を持って原宿に行ってみたんだけど、今夜も無駄骨を折っただけだったわ」

「お疲れさん。何かカクテルを作ってやろう。ちょっと待っててくれ」

唐木田はキューと球《たま》を片づけはじめた。

麻実はカウンターの端に腰かけ、細巻き煙草に火を点けた。唐木田はカウンターの中に入り、トム・コリンズをこしらえた。

「いただきます」

麻実はグラスを口に運んで、おいしそうにカクテルを啜《す》った。

「さっきドクから電話があったんだ。やっぱり、何も手がかりは摑めなかったそうだよ」

「そうなの。でも、ガンさんの娘さんはきっとどこかで生きてるわ。わたし、そんな気がしてるの」

「おれも、そう考えてるんだ。ガンさんが所轄署から探《さぐ》り出した捜査情報によると、千晶ちゃんを拉致《らち》したのは大学病院の裏手で老女を轢き殺した奴の仕業《しわざ》と考えられるな」

「ええ、そうね。でも、まだ加害車輛《しゃりょう》の割り出しには至っていないんでしょ？」

「そうなんだ。目撃者らしい人間が見つからないって話だからな。仮に加害車輛が判明しても、犯人が盗んだ車を使ったとも考えられる」

「そうね。それから、轢き逃げ犯は三週間前に渋谷の総合病院で〝凍った心臓《フローズン・ハート》〟を騙し取って、レシピエントの父親に移植用の心臓を二億円で買い取らせた奴と同一人かもしれないってことだったわよ？」

「ガンさんが集めた警察情報によると、そういうことだったな。轢き逃げ犯は老女を撥《は》ねた現場を見られたことよりも、千晶ちゃんがフローズン・ハートと引き換えに二億円の現金を現場付近から持ち去るとこを見たかもしれないと考え、彼女を車で連れ去ったんじゃないだろうか」

「レシピエントの家族が騙し取られたフローズン・ハートを二億円で買い取らされたと警察に届け出たのは、移植手術が終わった翌日だったわよね？」

「ああ。そういう情報をキャッチして、ガンさんはすぐに全日本臓器ネットワークの関係者を洗ってみた。しかし、元職員の中には偽職員になりすましたと思われる男はいなかったらしい」

唐木田は言って、ラークマイルドをくわえた。

「現職員の誰かがフローズン・ハートを騙し取った奴と共謀してたとは考えられない？」

「それは、ちょっと考えにくいんじゃないか。捜査当局は、真っ先に全日本臓器ネットワークの職員を疑うだろうからな」

「そうか、そうだろうね。ところで、お店早仕舞いにして、俊さんの部屋に行きたいな」

麻実が熱のあるような眼差しを向けてきた。二人で濃密な時間を過ごしたくなったのだろう。

唐木田の自宅マンションは、『ヘミングウェイ』の斜め裏にある。歩いて三分とかからない。間取りは2ＬＤＫだった。

「そうするか」

「ええ、そうしましょうよ。だって、わたしたち、久しく……」

「そういえば、そうだな。千晶ちゃんのことが気がかりだが、ことさら禁欲的《ストイック》な生活をすることもないだろう」

「ええ、そう思うわ。人間は生身ですもの」

麻実が残りのカクテルを飲み干した。潤《うる》んだような瞳が妖《あや》しい。

唐木田は帰り仕度に取りかかった。

2

痼《しこ》った乳首を吸いつける。

麻実が喉の奥で呻いて、背を反《そ》らせた。ベッドマットが小さく弾んだ。

唐木田は麻実の胸の蕾《つぼみ》を舌の先で圧《お》し転がしながら、右手を下腹に伸ばした。

自宅マンションの寝室である。二人はシャワーを浴びると、生まれたままの姿でベッドに横たわった。幾度も唇をついばみ合い、ディープ・キスを交わした。

唐木田は麻実の和毛《にこげ》を五指で優しく梳《す》きはじめた。

飾り毛は、わずかに湿っている。絹糸のような手触りだ。恥毛をぷっくりとした丘に撫でつけ、すぐに指先で掻き起こす。

同じ動作を十回ほど繰り返し、指先を火照《ほて》った内腿《うちもも》に移した。むっちりとした白い腿に指を滑らせ、時に立てた爪をソフトに走らせる。秘めやかな部分には、わざと触れなかった。

「いやよ、焦《じ》らさないで」

麻実が甘え声で囁《ささや》き、こころもち腰を迫《せ》り上げた。

唐木田は聞こえなかった振りをして、もう片方の乳首に顔を寄せた。伸ばした舌で蕾をくすぐり、薙《な》ぎ倒す。

だが、乳首は吸わなかった。舌の先で乳暈《にゅううん》をなぞる。粒立《つぶだ》ったものは、たちまち唾液に塗《まみ》れた。

「お願いだから、意地悪しないで」

麻実が差し迫った声で訴え、もどかしげに唐木田の右手首を摑んだ。すぐに彼の利き腕は麻実のはざまに導かれた。

「俊さんったら、わたしに恥ずかしいことをさせるんだから」

麻実が恨みがましく言って、手を引っ込めた。

唐木田は合わせ日に指を這《は》わせた。双葉を連想させる部分は小さく綻《はころ》んでいた。指先が熱い蜜液で濡れた。

麻実が魚のように身をくねらせた。

唐木田はフリルに似た部分を大きく捌《さば》いた。潤《うる》みがあふれる。麻実がなまめかしい声を洩らし、裸身を揉んだ。

唐木田は愛液を亀裂全体に塗り拡《ひろ》げた。

麻実が喘《あえ》ぎはじめた。喘ぎは、じきに淫《みだ》らな呻きに変わった。

唐木田は、逆三角形の繁みの底に潜む愛らしい突起を二本の指で抓《つま》んだ。敏感な部分は、何かの蛹《さなぎ》のような形状に膨らんでいた。

揺さぶり、打ち震わせる。麻実が声をあげはじめた。

唐木田は体を斜めにして、ベーシストになった。麻実の顎《あご》が徐々にのけ反っていく。口は半開きだった。早くも前歯の表面は乾いている。

唐木田は頃合を計《はか》って、今度はギタリストになった。アルペジオ奏法の要領で指を動かし、硬く尖《とが》った肉の芽を集中的に慈《いつく》しみはじめた。

ほんの数分で、麻実の体が縮まった。エクスタシーの前兆だ。

唐木田は愛撫に熱を込めた。それから間もなく、麻実は極《きわ》みに駆け昇った。甘やかな唸り声が寝室に響いた。裸身の震えはリズミカルだった。

唐木田は口唇を麻実の首筋に移した。

親指の腹をクリトリスに当てる。それは、包皮に半ば隠れていた。唐木田は肉の芽を刺激しながら、麻実の内奥《ないおう》に中指を沈めた。

すぐに快感のビートが指に伝わってきた。緊縮感も強い。唐木田は埋めた中指を鉤《かぎ》の形にして、左右に抉《こじ》った。

指の角が膣壁《ちつへき》に当たるたびに、麻実は猥《みだ》りがわしい声を零《こぼ》した。

唐木田は中指をいったん引き抜き、すぐさま薬指と一緒に沈めた。親指を使いながら、潜《もぐ》らせた二本の指で天井部分の瘤《こぶ》に愛撫を加える。Gスポットだ。

麻実が啜《すす》り泣くような声をあげはじめた。

それから一分も経《た》たないうちに、彼女は二度目の沸点《ふってん》に達した。憚《はばか》りのない愉悦《ゆえつ》の声は長く尾を曳《ひ》いた。

唐木田は麻実の呼吸が整うと、体の位置を下げた。麻実は、すぐにその意味を察した。

「少し休ませて。体の奥がまだ脈打ってるの」

「それだから、効果があるのさ」

唐木田は麻実の股の間に入り、両膝を立てさせた。

「たてつづけに三度もいかされたら、わたし、死んじゃうわ」

麻実が脚《あし》を閉じようとした。

唐木田は両腕で麻実の股を押し割り、珊瑚色《さんごいろ》に輝く秘部に顔を近づけた。縦筋《たてすじ》は少し捩《よじ》れ、片方の花びらは捲《めく》れかけている。淫猥《いんわい》な眺めだが、どこか愛らしくもあった。

唐木田は、はざま全体に熱い息を吹きつけた。

麻実が悩ましげに豊かな腰をもぞもぞとさせた。恥丘を迫《せ》り上げるような動きも見せた。唐木田は欲情をそそられた。

舌全体で亀裂を幾度か舐《な》め上げ、二枚の花弁を交互に吸いつけた。そのつど、蜜液を啜る恰好《かっこう》になった。

唐木田は複雑に折り重なった襞《ひだ》を丹念になぞってから、舌を長く伸ばした。内奥をくすぐり、最後に愛らしい芽を口に含んだ。

吸いつけ、弾《はじ》き、圧《お》し転がす。そうしながら、二本の指を使った。

ほどなく麻実は、三度目の絶頂を迎えた。迸《ほとばし》った声は高く、残響を伴《ともな》っていた。

唐木田は二本の指に強い圧迫感を覚えた。軽く引いても、指は抜けなかった。

唐木田は麻実の胸の波動が凪《な》ぐまで、マシュマロのような恥丘や内腿に唇をさまよわせつづけた。それから彼は、静かに身を横たえた。仰向けだった。

「俊さんは女殺しね」

麻実がむっくりと起き上がった。弾みで、形のいい乳房が揺れた。

彼女は唐木田の足許に回り込んだ。唐木田はオーラル・セックスの途中で、雄々《おお》しく猛《たけ》った。そのときから、硬度は保ったままだ。

麻実が亀頭に唇を被《かぶ》せた。ほとんど同時に、舌が閃《ひらめ》きはじめた。

唐木田は軽く瞼《まぶた》を閉じた。目をつぶると、神経が研《と》ぎ澄まされる。麻実の舌の動きがよくわかった。

生温かい舌が心地よい。麻実が狂おしげに舌を乱舞させる。唐木田は蕩《とろ》けそうな快感に包まれた。頭の芯《しん》が霞みはじめた。

麻実の舌技は巧みだった。唐木田は舐め回され、削《そ》がれ、つつかれた。麻実の両手も遊んではいなかった。片手でキウイフルーツに似た部分を柔らかく揉みたて、もう一方の手で唐木田の下腹や腿《もも》を撫でている。情感のこもった愛撫だった。

ひとしきり淫靡《いんび》な湿った音を響かせると、急に麻実が上体を起こした。そのまま彼女は、せっかちに唐木田の腰に打ち跨《また》がった。動作は速《はや》かった。

唐木田は目を開け、枕から少し頭を浮かせた。

麻実が下唇を噛みながら、腰を弾ませはじめた。眉間《みけん》に刻まれた縦皺《たてじわ》が悩ましい。上瞼《うわまぶた》の陰影も濃かった。

唐木田は片腕を伸ばし、結合部を指で探《さぐ》った。きれいに捌《さば》かれた小陰唇がペニスの根元に絡みついている。

唐木田はクリトリスをまさぐりながら、下から突き上げた。そのたびに、麻実の白い体が跳《は》ねる。

二人のリズムは、じきに合った。

「最高よ。このまま死んでもいいわ」

麻実が大胆に動きはじめた。跳ねるように上下に動き、腰を旋回させた。かと思うと、前後にも体を動かした。上半身を大きく反らせたりもした。

麻実は無防備に痴態を晒《さら》した。羞恥心《しゅうちしん》を忘れるほど昂《たか》まっているのだろう。唐木田は煽《あお》られ、幾度か大きく腰を迫り上げた。

六度目のブリッジをこしらえた直後、麻実がまたもやアクメに達した。彼女は裸身を硬直させながら、唐木田の胸に倒れかかってきた。

唐木田は麻実をしっかりと抱きとめ、体を反転させた。ペニスは抜け落ちなかった。麻実を組み敷くと、唐木田は律動を加えはじめた。

六、七度浅く突き、そのあと一気に奥まで分け入る。結合が深くなるたびに、麻実はなまめいた声をあげた。

唐木田は強弱をつけながら、一定のリズムを刻みつづけた。

突きまくるだけではなかった。腰に捻《ひね》りも加えた。

後退するときは、必ず亀頭の張り出した部分で膣口《ちつこう》を鋭角的にこそぐった。麻実は、そうされることが嫌いではなかった。

「おれも、そろそろ仕上げに取りかかりたくなったよ」

「もう少し待って」

「また、クライマックスが訪れそうなのか？」

唐木田は訊いた。

麻実がきまり悪そうにうなずいた。よく光る黒曜石のような瞳には、うっすらと紗《しゃ》のような膜《まく》がかかっていた。なんとも色っぽかった。

唐木田は抽送《ちゅうそう》の速度を緩《ゆる》めた。がむしゃらに突きつづけていたら、爆《は》ぜそうだった。

少し経《た》つと、麻実が迎え腰を使いはじめた。

唐木田はパートナーのリズムに合わせ、ふたたび律動を速めた。麻実の体は熱くぬかるんでいたが、どこにも隙間はなかった。無数の襞《ひだ》がペニスにまとわりついて離れない。

麻実の美しい顔が歪《ゆが》みはじめた。

眉根が深く寄せられ、息遣《いきづか》いが乱れた。苦痛に似た表情だが、もちろん歓《トロ》びの色だ。零《こぼ》れた白い歯が眩《まばゆ》い。

唐木田はゴールをめざした。

突き、捻り、また突く。麻実の体はクッションのように弾んだ。

やがて、背筋が立った。次の瞬間、何かが脳天に向かって疾駆《しっく》していった。甘やかな痺《しび》れを伴った快感が頭の芯を貫《つらぬ》いた。

唐木田は勢いよく放った。

数秒遅れて、麻実が高波にさらわれた。その瞬間、ジャズのスキャットのような淫声が吐かれた。どこか祈りにも似た声だった。

麻実は悦楽の表情を浮かべながら、顔を左右に振った。

リンスの香りがあたり一面に漂った。

唐木田の分身は、きつく搾《しぼ》られはじめた。凄まじい緊縮感だった。思わず声が出てしまう。内奥の脈動が、もろに伝わってくる。まるでペニスに心臓を押し当てられているような感じだ。

「体の奥がエイトビートを刻んでるみたいだわ」

麻実が言った。

「きみのビートは、はっきり感じ取れるよ」

「俊さんの体も、まだ硬いみたいね。奥のほうは、ちょっと感覚が鈍いんだけど」

「こうすれば、わかるだろ？」

唐木田は男根《だんこん》をひくつかせた。麻実が嬌声をあげた。

二人はたっぷりと余韻を味わってから、静かに体を離した。麻実はピルを服用している。いつもスキンは使っていない。

唐木田は束ねたティッシュペーパーを麻実に手渡してから、腹這いになった。煙草に火を点け、深く喫《す》いつける。

情事のあとの一服は、いつも格別にうまい。

「まだ体の奥が痺れてるわ。わたしったら、何度もいっちゃって、なんだか恥ずかしいな。淫乱な女だと思ってるんじゃない？」

「そんなふうには思ってないさ。ただ、セックスの面では女のほうが男よりも、ずっと得だとは……」

「確かに、その通りね。男性の場合は、ワンラウンドで何度も射精することは不可能だから。生まれ変わることができるとしたら、俊さん、一度女になってみたい？」

「いや、そうは思わないな。やっぱり、おれは男のほうがいいよ」

「そうよね。なんだかんだと言っても、未《いま》だに男社会だから」

「ま、そうだな。だから、創造主はセックスの面で女により多くの快楽を与えることにしたんだろう」

「そうなのかもね」

麻実がほほえみ、唐木田の肩と背を撫でた。いとおしげな手つきだった。

唐木田は煙草の火を消すと、浴室に向かった。シャワーを使い、寝室に戻る。まだ十一時を少し回ったばかりだった。

「ちょっとシャワーを借りるわね」

麻実がベッドを降り、浴室に足を向けた。

唐木田は新しいトランクスを穿《は》き、ベッドの端に腰かけた。そのすぐあと、ナイトテーブルの上で携帯電話が着信音を響かせた。

唐木田は携帯電話を耳に当て、短く名乗った。すると、岩上が一息に喋《しゃべ》った。

「親分、千晶は生きてたよ」

「よかったね、ガンさん。それで、娘さんは轢き逃げ犯の自宅に監禁されてたの？」

「それが監禁じゃなく、どうも犯人のホスト崩れのチンピラと同棲してるみてえなんだ」

「同棲してるだって⁉」

唐木田は驚いた。岩上の愛娘は、ストックホルム症候群に罹《かか》ってしまったのか。人質が誘拐犯と狭い場所に長時間過ごしているうちに相手に対する憎しみや恐怖を忘れ、同情や恋情を懐《いだ》くことがある。それがストックホルム症候群だ。

「まだ確認したわけじゃないんだが、どうも千晶は矢島滋《やじましげる》って二十六歳の犯人に覚醒剤《シャブ》を射けられたみたいなんだ。おそらく千晶は体を穢《けが》されてから、無理やりに覚醒剤を注射されたんだろう。歌舞伎町二丁目にある『マドンナ』ってファッション・マッサージの店の店長の話によると、千晶の左腕には注射痕があるというんだ」

「ガンさん、ちょっと待ってくれないか。千晶ちゃんは、その風俗店で働いてるのかい？」

「ああ、そうらしい。十日ぐらい前から、娘は奈々《なな》って源氏名《げんじな》で働いてるというんだ。

矢島が千晶を『マドンナ』に連れて行って、店長に『この娘《こ》を使ってやってくれ』って頼み込んだみてえなんだ。矢島は以前、風俗店の近くのホストクラブで働いてたとかで、店長とは顔馴染《なじ》みだったらしいんだよ」

「で、千晶ちゃんはどこにいるんだい？」

「『マドンナ』の個室で接客中なんだ。ブースの中に押し入って、娘と客を張り倒してやりてえ気持ちだが、店に迷惑をかけるのはまずい。それで、店の近くで千晶が外に出てくるのを待ってんだ。今夜は遅番で午前零時まで仕事らしいんだよ」

「ガンさん、千晶ちゃんの横っ面《つら》を張ったら、矢島の塒《ねぐら》に案内させる気だね？」

「そうするつもりなんだが、矢島ってチンピラをニューナンブM60で撃ち殺しそうな気がするんだ。だから、できたら、親分に一緒に行ってもらいてえと思って電話したんだよ」

「わかった。すぐ歌舞伎町に行く」

「悪いな。『マドンナ』はさくら通りにあるんだ」

岩上が店のある場所を詳しく説明した。

唐木田は三、四十分以内に行くと告げ、電話を切った。身繕《みづくろ》いを終えたとき、胸《むな》高《だか》にバスタオルを巻きつけた麻実が寝室に戻ってきた。柔肌は桜色に染まっていた。

「俊さん、出かけるの？」

「千晶ちゃんが見つかった。たったいま、ガンさんから電話があったんだ」

唐木田はそう前置きして、岩上から聞いた話を伝えた。

「わたしも一緒に行くわよ」

「三人で千晶ちゃんを待ち伏せしてたら、どうしても人目につく。とりあえず、おれひとりで新宿に行く。おまえさんは合鍵で戸締りをして、適当に自分のマンションに帰ってくれないか」

「わかったわ。何かあったら、電話して」

麻実が言った。

唐木田は黙ってうなずき、玄関ホールに急いだ。五〇五号室を走り出て、エレベーターで地下駐車場まで下《くだ》る。

唐木田は自分のレクサスに乗り込んだ。車体の色はパーリーホワイトだった、唐木田はエンジンを始動させ、慌《あわ》ただしく車を走らせはじめた。

3

不夜城は光に彩《いろど》られていた。

けばけばしいネオンやイルミネーションが、さくら通りを照らしている。間もなく午前零時になるというのに、人通りは絶えない。

唐木田はレクサスを新宿区役所の裏手に路上駐車し、『マドンナ』に向かった。

その風俗店は造作なく見つかった。雑居ビルの地下一階にあった。

ホームレス刑事の岩上は、『マドンナ』の斜め前の暗がりにたたずんでいた。唐木田は岩上の横で足を止めた。

「親分、人生ってやつは惨《むご》いな」

岩上が低く呟き、喫《す》いさしのハイライトを指の爪で弾き飛ばした。路面に落ちた煙草が火の粉を散らした。

「晴れる日もあれば、曇る日もある。それが人生だよ。月並な慰め方だが、その通りだと思うんだ。土砂降《どしゃぶ》りつづきの人生なんてないさ」

「そう思いてえよ。おれはずっと仕事を優先させてきたから、女房に愛想を尽かされても仕方がねえ。けど、娘の千晶のことは大事にしてきたつもりだ」

「実際、ガンさんは千晶ちゃんを慈《いつく》しんでた」

「千晶は平凡だけど、真っ当な生き方をしてくれると信じてたよ。それなのに、覚醒剤《シャブ》なんかやって、いかがわしい店で働いてやがる。元やくざの情報屋から千晶が歌舞伎町の風俗店で働いてるかもしれないと聞かされたときは一瞬、自分の耳を疑ったよ」

「そうだろうね。しかし、ガンさん、娘さんを責めちゃいけない。千晶ちゃんは自ら堕落したわけじゃないんだ。矢島ってチンピラに拉致《らち》されて……」

「わかってる、わかってるんだ。千晶は恐怖には克てなかったんだろう。それにしても、刑事の娘なんだぜ。命懸《が》けで自分の体やプライドを守り抜いてほしかったよ」

「親の気持ちとしてはそうだろうが、まだ娘さんは高校生なんだ。そこまで求めるのは酷だよ」

唐木田は言った。岩上が何か反論しかけたが、溜息をついて口を噤《つぐ》んだ。

ちょうどそのとき、『マドンナ』のイルミネーションが消えた。もう少し待てば、岩上の娘は姿を見せるだろう。

唐木田は一度も千晶には会ったことがない。だが、岩上が大事そうに持ち歩いている千晶の写真は見たことがある。中学生のころの写真だが、岩上の娘は円《つぶ》らな瞳の美少女だった。

父親には、まるで似ていない。母親の容姿を受け継《つ》いだのだろう。唐木田は、岩上の別れた妻とも一面識もなかった。

「別れた奥さんには、もう千晶ちゃんのことを話したの？」

「実は、まだ話してねえんだ。涼子がショックを受けることは間違いない。それだから、なんだか言い出せなくてな」

「母親には事実を教えないほうがいいんじゃないのかな。事実を話したら、母と娘の関係がぎくしゃくするかもしれないからね」

「そうだな。少なくとも、千晶の体から覚醒剤《シャブ》が抜け切るまで涼子には何も言わないつもりだよ」

「そのほうがいいね。千晶ちゃんが覚醒剤中毒になってるとしても、まだ軽度だろうから、割に早くきれいな体に戻れると思うな」

「ああ、多分ね。おれの知り合いが埼玉の川口で薬物中毒者の更生施設をやってるんだ。そこに、千晶を預けようと考えてる」

「それは、いい考えだね。鑑別所から医療少年院に送られたりしたら、かえって悪くなってしまうケースが多いからな」

「本当は千晶に公的施設で罪の償《つぐな》いをさせるべきなんだろうが、矢島に無理やりに覚醒剤の味を覚えさせられたようだから、被害者の側面もある」

「千晶ちゃんは、被害者そのものさ。だから、こっそり民間の更生施設に預けても別に問題はないはずだよ」

「だよな？」

「ガンさん、矢島の家《ヤサ》はもう調べ上げたの？」

「いや、まだなんだ。『マドンナ』の店長の話だと、矢島はホストのころは高田馬場に住んでたということだったが、正確な現住所は知らなかったんだよ」

「住民登録のチェックは？」

「したよ。矢島滋は杉並区に住民登録してあるんだが、住民票に記載されてた住所にはもう住んでなかった」

「住民票をそのままにして、マンションを転々としてるんだろうな」

「おそらく、そうなんだろう。しかし、千晶から矢島の家《ヤサ》は探り出せるさ」

「そうだね」

会話が途切れた。

それから間もなく、雑居ビルの地階から若い娘が姿を見せた。千晶だった。派手な身なりをしているが、清楚《せいそ》さは失っていない。

「おい、千晶！」

岩上が暗がりから娘に呼びかけた。

千晶は父親に気づくと、急に走りだした。逃げる気らしい。すぐに岩上が追った。

三十メートルも走らないうちに、千晶は岩上に片腕を掴まれた。唐木田は二人に走り寄った。

「なんで逃げたんだっ」

岩上が娘を詰《なじ》った。

「親に会わせる顔がないと思ったからよ。わたし、田中と名乗ってた矢島という奴に体を……」

「矢島滋ってホスト崩れのチンピフに脅されて、風俗店で働いてるんだな？」

「…………」

千晶は返事をしなかった。目を伏せている。

「おまえは、およそ三週間前に横浜の大学病院の裏通りでたまたま轢き逃げ事件を目撃した。老女を撥《は》ねた矢島滋はそれに気づいて、おまえを拉致した」

「なぜ、お父さんがそのことを知ってるの⁉」

「千晶、父さんの職業を忘れたのか？　刑事には、いろいろ警察情報が入ってくるんだ。おまえは矢島にどこかに連れ込まれて、体を穢《けが》された。そして、覚醒剤を注射されたんだな？」

岩上が言いざま、娘のブラウスの袖口を捲《まく》り上げた。静脈に沿って注射痕が並んでいる。

「お父さん、ごめんなさい。わたし、矢島が怕《こわ》くて逆《さか》らえなかったの」

「注射は毎日……」

「うん、一日に三回も射《う》たれたの。だから、短い間に中毒になっちゃったみたいで、禁断症状がすぐに出はじめたのよ」

「なぜ、逃げ出さなかった?」

「逃げたくたって、逃げられなかったわ。最初の一週間は手脚《てあし》をロープか粘着テープでがんじがらめにされてたし、そのあとは体がドラッグを欲しがるようになってしまったの」

「それで、矢島の言いなりになって『マドンナ』で働かされるようになったんだな?」

「ええ、そう。お父さん、そちらの方は刑事さんなの?」

千晶が唐木田を見ながら、岩上に問いかけた。唐木田は千晶に穏やかに話しかけた。

「わたしは警察の人間じゃない。きみのお父さんの知り合いだよ。唐木田俊っていうんだ」

「なんで、あなたが父と一緒なんですか?」

「お父さんはね、矢島の顔を見たら、冷静ではいられなくなりそうだと言ったんだ。それで、わたしが一緒に来たわけさ」

「そうなの」

「きみと矢島は、どこで暮らしてるんだい?」

「北新宿三丁目にあるマンションです」

「そこは、矢島の自宅マンションなんだね?」

「そうです」

「いま、矢島は部屋にいるのかな?」

「多分、いないと思います。わたしがお店で働いてるときは、たいていパチンコをしに行ったり、飲みに行ってるようですから。あいつは、わたしのヒモ気取りなんです」

「父さんたちを矢島の部屋に案内してくれ」

岩上が娘に言った。千晶は短くためらってから、大きくうなずいた。

「おれの車で行きましょう」

唐木田は岩上に言って、先に歩きだした。岩上と千晶が後《あと》から従《つ》いてくる。

「ね、お母さんはわたしのことを知ってるの?」

「まだ何も知らないよ」

「よかった。わたし、お母さんには心配かけたくないの。だって、生命保険の外交の仕事をしながら、一所懸命にわたしの大学の学費を溜めてくれてるんだもん」

「父さんがもっとたくさん千晶の養育費をあげられればいいんだが……」

「別にお父さんを責めてるんじゃないの。お父さんだって楽な暮らしをしてるんじゃないことは、お母さんもわたしもわかってる」

「稼ぎが少なくて済まない」

「何を言ってるの。お父さんには感謝してるわ。それはそうと、わたし、何度もお母さんに電話をしようと思ったのよ。だけど、できなかった」

「覚醒剤がそんなに欲しかったのか？」

「それも少しはあったけど、恥ずかしいビデオのことをお母さんには知られたくなかったの。矢島はわたしをレイプしたとき、ベッドの横にＣＣＤカメラをセットしてたのよ」

「やっぱり、そうか。なんて卑劣な奴なんだっ」

「あいつは自分のシンボルもわたしの口の中に無理に突っ込んだり、下の部分にソーセージなんかも入れたの。それだけじゃなく、わたしは注射をされたとこも撮られてしまった。矢島のほうは、両手だけしか映ってないと思うけど」

「赦《ゆる》せないチンピラだ。矢島にたっぷり臭い飯を喰《く》わせてやる」

「矢島を起訴するには、わたしがされたことを警察で話さなきゃならないんでしょ？　わたし、いやよ。自分の恥を晒《さら》したくないわ」

「わかった。矢島には、父さんが個人的に制裁を加えてやる」

「ええ、そうして」

父娘の会話が終わった。

唐木田はレクサスのドア・ロックを解《と》き、岩上と千晶を後部座席に乗せた。すぐに運転席に入り、車をスタートさせる。

大久保通りに出て、中野方面に進んだ。五分も走らないうちに、北新宿三丁目に差しかかった。千晶の道案内でレクサスを走らせつづける。

矢島が借りているマンションは、末広橋のそばにあった。八階建ての古い建物だった。

唐木田は、そのマンションの近くの路上にレクサスを駐《と》めた。千晶は矢島からスペアキーを預かっていた。

三人はエレベーターで六階に上がった。

矢島の部屋は六〇三号室だった。電灯は点いていなかった。千晶が玄関ドアを解錠した。

岩上と唐木田は千晶につづき、脱いだ靴を隠した。間取りは１ＬＤＫだった。

「千晶、おかしな映像はどこにあるんだ？」

居間で、岩上が娘に訊いた。

「この部屋にはないと思うわ。矢島がどこかに持ってったの」

「そうか。覚醒剤はどこに隠してある？」

「それも、ここにはないはずよ。矢島がいつも注射器と一緒にパウチバッグに入れて持ち歩いてるから」

「そう。矢島は新宿の暴力団関係者から薬物を手に入れてるのか？」

「そういうことはわからないわ。でも、あの男も中毒になってるはずよ」

千晶が気だるそうに言い、リビングソファに坐り込んだ。いつの間にか、目が虚《うつ》ろになっていた。

千晶は一点をじっと見つめていたかと思うと、急に立ち上がったりした。すぐにソファに腰を戻し、今度は意味もなく室内を眺め回しはじめた。

禁断症状の前兆だろう。

唐木田はそう直感し、岩上に目配せした。

二人は玄関ホールまで歩き、向かい合った。

「ガンさん、千晶ちゃんをすぐに川口の更生施設に連れて行ったほうがいいな」

唐木田は小声で言った。

「親分が見抜いたように、千晶は覚醒剤を欲しがりはじめてるようだな。すぐにも更生施設に連れてってやりたいが、おれはこの手で矢島ってチンピラをとことん痛めつけてやりてえんだ」

「ガンさんの気持ちはわかるが……」

「おれは覚醒剤に溺《おぼ》れた犯罪者を仕事でたくさん見てきた。一日三十ミリグラムを三、四日射ちつづけると、急性中毒になり、いわゆる覚醒夢《かくせいむ》に悩まされる奴が出てくる。揺れるカーテンの裾が蛇に見えたり、誰かに追われてるような錯覚に陥ったりするわけだ」

「慢性中毒になると、薬効がなくなったとたん、倦怠感《けんたいかん》を覚え、憂うつな気分に襲われるらしいね」

「そうなんだ。二カ月以上常用してると、たいてい慢性中毒になっちまう。しかし、かなり個人差があって、一カ月前後の連続摂取《せっしゅ》でも慢性中毒になるケースがあるんだ。千晶は初期の慢性中毒なのかもしれない」

「そうなら、幻覚や妄想はそれほどひどくないのかな？」

「これも個人差があるんだ。一カ月程度の常用者でも駅員を制服警官と思い込んだり、自宅に誰かが盗聴器を仕掛けたと騒ぎだしたりすることもある。千晶も、そのうち意味不明なことを口走ったりするかもしれない。あるいは不可解な行動をとるかもしれんな」

「ガンさん、矢島のことはおれに任せて、やっぱり娘さんを埼玉の更生施設に連れて行くべきだよ」

「親分、もう少し矢島を待たせてほしいんだ。頼む！」

岩上が頭を下げた。

「わかったよ」

「悪いな」

「いいさ」

　二人はリビングに戻った。すると、千晶がリビングボードの引き出しをすべて開け放ち、何か物色していた。

「千晶、何をしてるんだ？」

　岩上が娘に声をかけた。

「ドラッグが切れて、ものすごく気分が落ち込んでるの。それから、苛々《いらいら》もする」

「覚醒剤は矢島が持ち歩いてるって言ってたじゃないか」

「そうなんだけど、〇・一五グラムの包《パケ》みぐらいはどこかに入ってるかもしれないわ。お父さん、一緒に探して」

「何を言ってるんだっ。おまえは、自分が何を言ってるのかわかってるのか！」

「わかってるわよ、ちゃんと。でもね、とっても辛いの。これ以上ブルーな気分になったら、わたし、死にたくなっちゃうかもしれない。だから、一緒に探してちょうだい！」

　千晶が叫ぶように言い、父親に駆け寄った。彼女が立ち止まった瞬間、岩上の右腕が翻《ひるがえ》った。

　頬に平手打ちを見舞われた千晶は、白と黒の大胆なデザインのシャギーマットの上に倒れ込んだ。

「千晶、いい加減に目を覚ませ！」

岩上が苦渋に満ちた顔で叱りつけた。

「お父さんにぶたれるとは思わなかったわ」

「千晶、よく聞くんだ。おまえが薬物をきっぱりと断《た》つ気がないんだったら、父さんの手で鑑別所に送ってやる」

「嘘でしょ⁉」

「本気さ」

「わたしは好き好《この》んで覚醒剤に溺《おぼ》れたんじゃないのよ。あいつに、矢島に無理やりに注射されつづけたんで、こうなってしまったんじゃないの。いくら警察官だからって、生真面目すぎるわっ」

千晶は言い募《つの》ると、泣き崩れた。岩上は哀しげな目をしただけで、何も言わなかった。黙ってベランダに出る。

唐木田は千晶のかたわらに屈《かが》み込んだ。

「親父《おやじ》さんはきみのことを大事に思ってるから、きつい言い方をしたんだ。それをわかってやらないとな」

「あと一度だけでいいの。そうしたら、もう覚醒剤には絶対に手を出さないわ。だから、パケを探して」

千晶がしゃくりトげながら、そう言った。

「そんなことを言ってるうちに、取り返しがつかなくなっちゃうんだ。そして、やがては廃人になっちまうんだぞ。それでも、いいのか？」

「………」

「ただ廃人になるだけなら、自業自得さ。しかし、覚醒剤中毒による幻覚や妄想から人を傷つけたり殺したりするようになるかもしれないんだ。きみがそんなふうになったら、家族まで人生を狂わされてしまうんだぜ。ご両親は職場には居づらくなるだろう」

「わたし、どうすればいいの⁉」

「弱い自分とひたすら闘って、ドラッグの誘惑を斥《しりぞ》けるんだ。それしか救いの途《みち》はないんだよ」

「でも、辛いんです」

「耐えるんだ、歯を喰《く》いしばってね。きみはひとりじゃないんだ。お父さんもお母さんもいるじゃないか。きっと耐え抜けるさ」

唐木田は優しく千晶を抱き起こし、ソファに腰かけさせた。

そのすぐあと、岩上がベランダから居間に戻ってきた。

「千晶、熱めの風呂に入れ。多量の汗を出せば、禁断症状の苦しさが少しは和《やわ》らぐらしいんだ」

「いまは動きたくないわ。こうして話してるだけで、気分がかったるいの」

「我慢してでも風呂に入ったほうがいい。父さんが風呂を沸《わ》かしてやろう」

「わたしのことは放っといて！」

千晶が顔を上げ、棘々《とげとげ》しく言い放った。頬は涙で光っていた。

岩上が肩を大きく竦《すく》めた。そのとき、玄関のドア・ノブがかすかな音をたてた。矢島が帰宅したのだろう。

唐木田は岩上と目顔《めがお》で合図し合って、物陰に隠れた。すぐに玄関ホールから足音が響いてきた。

「千晶、店から日払いで金を貰《もら》ってきたろうな。てめえが喰《く》う覚醒剤《シャブ》の銭《ぜに》ぐらいは自分で稼いでくれねえと、おれ、面倒見きれねえからよ」

ハンサムな若い男がそう言いながら、居間に入ってきた。すぐさま岩上が長椅子の後ろから姿を見せた。

「矢島滋だな？」

「なんだよ、おたく？　なんでおれの名前を知ってんだよ⁉」

「おれは千晶の父親だ」

「マジかよ⁉」

矢島が素《す》っ頓狂《とんきょう》な声を洩らし、千晶に目を向けた。唐木田は物陰から出た。矢島がぎょっとした顔つきになった。

岩上がリビングセットを回り込み、矢島の顔面に右の振《ふ》り拳《けん》を浴びせた。肉と骨が高く鳴った。矢島は横倒れに転がった。

岩上が間合《まあ》いを詰めた。ホームレス刑事は沖縄空手の心得があった。

「いきなり殴りやがって」

矢島が気色《けしき》ばみ、勢いよく立ち上がった。

岩上が落ち着き払った様子で、中段回し蹴りを放った。矢島が短い呻きを洩らし、横に吹っ飛んだ。

「最初に言っておこう。おれは渋谷署の刑事だ。少しでも逆《さか》らったら、公務執行妨害罪になるぞ」

「おれを逮捕《パク》りに来たのか。なら、令状を出せよ」

「令状を取る気はない。おれは、きさまを個人的に裁こうと思ってるんでな」

「それ、どういう意味なんだよ?」

「すぐにわかるさ」

岩上が上着を脱ぎかけた。そのとき、矢島が千晶に這《は》い寄った。すぐに彼は千晶のこめかみにトカレフの銃口を押し当てた。

「お父さん!」

千晶が救いを求めた。唐木田は腰の手製ホルスターに手をやり、アイスピックの柄に指を添えた。

矢島の体のどこかにアイスピックを突き立てることは、それほど難しくない。だが、すでにトカレフの撃鉄《ハンマー》は起こされていた。

「二人とも床に腹這いになって、両手を頭の上に乗っけな」

矢島が岩上と唐木田を等分に見ながら、甲高い声で命じた。一拍置いて、岩上が矢島に話しかけた。

「おれの連れは民間人なんだ。彼を解放してくれりゃ、おまえの言う通りにしてやろう」

「偉そうな口を利くんじゃねえ。早く二人とも這いつくばれ！」

「わかったよ」

唐木田は矢島に言って、先にフローリングに這った。少し遅れ、岩上が両膝を床に落とす。申し訳なさそうな顔で唐木田を一瞥《いちべつ》し、腹這いになった。

「立ちな」

矢島が拳銃で威嚇《いかく》しながら、千晶の腋の下に片腕を潜《くぐ》らせた。

「おれの娘を弾除《たまよ》けにして逃げる気だなっ」

岩上が忌々《いまいま》しげに言った。

矢島はせせら笑い、千晶と玄関ホールに向かった。ドアが閉まると、唐木田はほぼ同時に素早く起き上がった。

二人はソックスのままで部屋を飛び出し、エレベーターホールまで突っ走った。ホールの隅に千晶がしゃがみ込んでいた。小刻みに全身を震わせている。矢島の姿は掻き消えていた。

「矢島はエレベーターで逃げたんだな？」

岩上が娘に確かめた。千晶は黙ってうなずいた。岩上がエレベーターを呼ぶボタンを押した。階数表示ランプは一階に留《とど》まっていた。

「ガンさん、いまから追っても間に合わないよ」

「そうだな」

「ガンさんは千晶ちゃんを例の施設に連れてってやりなよ。おれは、このマンションの近くで張り込んでみる。何時間か経《た》ったら、矢島が塒《ねぐら》に戻ってくるかもしれないからね」

唐木田は言った。

岩上が千晶を立ち上がらせた。三人は、いったん矢島の部屋に戻った。

唐木田は岩上父娘《おやこ》とマンションの前で別れると、張り込みを開始した。

4

ついに夜が明けてしまった。

唐木田はステアリングを抱き込むような恰好《かっこう》で、マークした賃貸マンションの表玄関に視線を投げた。徹夜で張り込んでみたが、とうとう矢島は帰宅しなかった。

唐木田は生欠伸《なまあくび》を嚙み殺し、上体を起こした。一睡もしなかったからか、顔面にうっすらと脂《あぶら》が浮いている。不快だった。

ハンカチで顔を拭《ぬぐ》って、左手首の腕時計に目を落とす。午前五時半を回っていた。

これ以上粘《ねば》っても、収穫はなさそうだ。いったん四谷の自宅マンションで仮眠を取ってから、ふたたび張り込むべきだろう。

唐木田はシートベルトを掛けた。

ちょうどそのとき、上着の内ポケットで携帯電話が身震いした。マナーモードにしてあったのだ。唐木田は携帯電話を摑み出し、耳に当てた。

「親分、おれだ」

岩上の声だった。

「矢島は塒《ねぐら》に戻ってこなかったよ。で、いったん引き揚げようとしてたとこなんだ。

千晶ちゃんは、川口の更生施設に預けたんだろう？」

「ああ、二時過ぎにな。おれは千晶が眠いって言ったんで、すぐに施設を出て、川口駅の近くのビジネスホテルにチェックインしたんだ。それで、うとうとしてたら、施設の園長から電話がかかってきたんだよ。千晶のやつ、三時前後に脱走したらしい」

「なんてことだ」

「おそらく千晶はヒッチハイクかタクシーで、矢島のマンションに戻る気なんだろう。そして野郎が部屋に戻ったら、覚醒剤を射《ズ》けてもらうつもりなんだと思うよ」

「わかったよ、ガンさん。おれは、このまま矢島のマンションの近くで待機してる。千晶ちゃんが現われたら、身柄を確保するよ」

「そうしてくれねえか。おれはタクシーで東京に向かってるとこなんだ」

「そう。ガンさん、娘さんが母親の許《もと》に戻るとは考えられないかな？」

　唐木田は問いかけた。

「それはないと思うよ。千晶は自分が変わったことを母親に知られるのを恐れてるようだったから」

「しかし、娘さんにとっては母親が頼みの綱だよね？　矢島にされたことを何もかも打ち明けて、どこかで覚醒剤のパケを手に入れてくれと泣きつくとも考えられるんじゃない？」

「そうだね、まったく考えられないことじゃねえな。涼子に電話して、それとなく探りを入れてみるか。そのあと、また親分に電話すらぁ」

岩上が通話を打ち切った。

唐木田は携帯電話をダッシュボードの上に置き、煙草に火を点けた。一服し終えたとき、岩上から連絡が入った。

「千晶は自宅には戻ってなかったよ。それから、涼子には何も連絡はなかったらしい」

「それじゃ、千晶ちゃんはこっちに来るな」

「そう読むべきだろうね」

「ガンさん、別れた奥さんに千晶ちゃんの行方をずっと追ってきたことを話したのかな？」

「いや、別に涼子には何も言わなかったよ。おれは父親として当たり前のことをやっただけだからな。それに涼子も警察だけに任せておけないって、自分で娘の友人たちから情報を集めてたらしいから、ことさら自分が千晶のことを心配してるなんてことは言えないよ」

「漢《おとこ》だね、ガンさんは」

「よせやい。誰だって、わが子のことは気にかけてるじゃねえか。離婚で涼子とは他人になったが、千晶はずっとおれの娘なんだ。心配するのは当然だろ？」

「ああ、それはね。それにしても、ガンさんの子を想《おも》う気持ちは強い。千晶ちゃんの行方がわからなくなってから、ガンさんは職務そっちのけで動き回ってた。そこまでやれる親は、そう多くないいんじゃないのかな」

「そうだろうか。刑事の仕事は嫌いじゃないが、重さで言えば、家族のほうがはるかに……」

「ガンさんも変わったね。昔は家庭よりも仕事を大事にしてたわけだから」

「人間ってやつは何かを失ってからじゃないと、自分にとって何が大切だったか気づかねえみたいだな」

「ガンさん、別れた奥さんに未練があるんだったら、縒《よ》りを戻しなよ」

唐木田は言った。

「もう遅《おせ》えんだ」

「別れた奥さんに誰か好きな男ができたのかな？」

「そう。涼子は一年ぐらい前から、会社の上司とつき合ってるらしいんだ。その男にも離婚歴があるとかで、何かと話が合ったようだな」

「それじゃ、いずれ千晶ちゃんのおふくろさんは、その上司と再婚する気なの？」

「いや、もう結婚はこりごりだってさ。まだ千晶は難しい年頃だから、当分、再婚する気はないいんだろう。なんだか話が脱線しちまったな」

「おれが話題を逸《そ》らしちゃったんだ。ガンさん、私的なことにまで首を突っ込んで悪かったね」

「別にどうってことねえさ。親分、千晶の件は頼んだぜ」

岩上が電話を切った。

唐木田は紫煙をくゆらせながら、千晶が現われるのを待った。いつの間にか、眠気は吹き飛んでいた。

マンションの前にコンテナトラックが横づけされたのは、およそ一時間後だった。

唐木田はコンテナトラックのナンバープレートを見た。大宮ナンバーだ。

コンテナトラックの助手席から降りたのは千晶だった。おおかた埼玉のどこかでヒッチハイクしたのだろう。

コンテナトラックはレクサスの横を抜けて、ゆっくりと走り去った。千晶がマンションのアプローチに足を向けた。

唐木田は急いで車を降り、矢島のマンションに走った。

エントランスロビーに入ると、千晶がエレベーターを待っていた。唐木田は足音を殺しながら、千晶の背後に回り込んだ。

少し待つと、エレベーターの扉が左右に割れた。千晶が函《ケージ》に乗り込んだ。唐木田は、扉が閉まる寸前にエレベーターの中に飛び込んだ。

六階のボタンを押した千晶が目を丸くして、後ずさった。函《ケージ》が上昇しはじめた。

「一時間ほど前に親父さんから電話があったんだ。どうして川口の更生施設から逃げ出したんだい？」

唐木田は穏《おだ》やかに話しかけた。

「父に連れて行かれた薬物中毒者の更生施設は、とっても不衛生な感じだったの。それに、乱暴なやり方で体内の薬物を抜いてるみたいだったから、わたし、なんだか怖《こわ》くなっちゃったんです」

「脱走の理由はそれだけ？　きみはドラッグの誘惑に負けたんじゃないのか？」

「それは……」

千晶が口ごもり、視線を外した。

「このマンションに戻れば、矢島から覚醒剤を注射してもらえるかもしれないと考えた。そうなんだね？」

「………」

「矢島は部屋にはいない。一晩中、外で張り込んでたんだが、奴は帰ってこなかったんだ。もうじき親父さんがここに来る。おれの車の中で待とう」

唐木田は言った。千晶は黙ったままだった。

函《ケージ》が六階で停止し、扉が開いた。唐木田は一階のボタンを押そうとした。それを千晶が押し留《とど》めた。

「ちょっと待って。わたし、お手洗いに行きたいんです」

「矢島の部屋のトイレを使いたいってことだね？」

「ええ、そうです」

「いいだろう」

唐木田は閉まりかけた扉を押さえ、先に千晶をホールに降りさせた。自分も函《ケージ》から出て、二人で六〇二号室に向かった。

千晶が靴を脱ぎ、あたふたとトイレに駆け込んだ。

唐木田は玄関先にたたずんだ。水を流す音が二度かすかに聞こえたが、いっこうに千晶は手洗いから出てこない。

訝《いぶか》しく思ったとき、トイレの中から千晶の短い唸《うな》り声が響いてきた。ブースの中で何かやろうとしているらしい。唐木田はローファーを蹴り捨て、室内に躍《おど》り込んだ。

手洗いは玄関ホールの近くにあった。内錠が掛けられ、ノブは回らない。

「何をしてるんだ？」

「わたしは、もう駄目な人間です。だから、自分をもう消してしまいたいの。ここで死なせて！」

「早まったことをするな。ベルトか何かで自分の首を絞めてるのか？」

「あっちに行ってて！」

千晶が大声で喚《わめ》き、また唸り声を発した。

唐木田は腰のホルスターからアイスピックを抓《つま》み上げ、ノブの取付け部分に先端を捩込《ねじこ》んだ。力まかせに押し込むと、少しだけ隙間《すきま》ができた。

残りの二本のアイスピックを同じように金具の下に嚙ませ、ノブをできるだけ浮かせた。それからノブに両手を掛け、思いきり体重《ウエイト》を乗せて押し下げる。すると、内錠が音をたてて折れた。

唐木田はトイレのドアを開けた。

千晶は便座の蓋《ふた》の上に腰かけ、自分の左手首を懸命に嚙み千切《ちぎ》ろうとしていた。口許《くちもと》が血で赤い。しかし、たいした出血ではなかった。

唐木田は千晶の両腕をホールドし、ひとまず岩上の娘をトイレから引きずり出した。そのまま千晶を左肩に担《かつ》ぎ上げ、居間の長椅子まで運ぶ。

「どうして死なせてくれなかったの」

千晶が手脚《てあし》をばたつかせて、幼女のように拗《す》ねた。

「手首を何度嚙んでも、自殺なんかできっこない」

「わたしは、もう生きていたくないの。好きでもない男に体を弄《もてあそ》ばれ、覚醒剤中毒にされちゃったんだから。頭で麻薬を拒絶しても、意思とは裏腹に……」

「まだ軽い中毒なんだ。強い意思があれば、覚醒剤とは縁が切れるさ」

「他人事《ひとごと》だと思って、軽く言わないで。あなた、ドラッグ中毒になったことがあるわけ？」

「それはないが、現に多くの麻薬中毒者が自分と闘い抜いて更生してるじゃないか」

唐木田は諭《さと》すような気持ちで言った。

千晶は片腕で目許を覆い、忍びやかに泣きはじめた。唐木田は玄関ホールまで歩き、美容整形外科医の浅沼の携帯電話を鳴らした。

浅沼は、まだベッドの中にいたらしい。寝呆《ねぼ》け声だった。

唐木田は浅沼に経緯を話し、矢島の部屋で千晶の傷の手当てをしてほしいと頼んだ。浅沼は快諾《かいだく》し、ただちに駆けつけると慌《あわ》ただしく電話を切った。

唐木田はリビングに戻り、ひとり掛けのソファに坐った。

千晶は長椅子に横たわったまま、まだ泣きむせんでいた。唐木田には背を向ける恰好だった。震える肩が痛々しい。

唐木田は煙草をくわえた。

半分も喫《す》わないうちに、六〇三号室に岩上がやってきた。現職刑事は娘の姿に気づくと、まず安堵《あんど》の色を浮かべた。それから岩上は、すぐに困惑顔になった。

唐木田は煙草の火を揉み消し、手短に岩上に経過を話した。

　岩上が無言で顔を左右に振り、長椅子の前にひざまずいた。上着のポケットから皺《しわ》だらけのハンカチを抓《つま》み出し、千晶の肩に手を掛けた。

「噛んだとこを父さんに見せてみろ」

「見せたくない。わたしのことには、もうかまわないでちょうだい！」

「更生施設に戻って、一日も早く薬物中毒から脱《ぬ》け出すんだ。人生は長い。若いおまえは、いくらでもやり直せる。だから、もっと自分を大事にしなきゃな」

「わたしは、もう穢《けが》れた女だわ。レイプされて、さんざん玩具《おもちゃ》にされちゃったんだから。もう普通の女の子には戻れっこない」

　千晶が涙声で言い返した。

「自棄《やけ》になるんじゃない。おまえは、いきなり狂犬に咬《か》まれたようなものだ。矢島にされたことは早く忘れろ。もちろん、すぐには忘れられないだろうが、歳月が流れれば、きっと……」

「無責任な慰めはやめて。力ずくで犯された屈辱感と悔しさは同じ目に遭《あ》った女性じゃなきゃ、絶対に理解できないわ。男のお父さんにはわかりっこない」

「どんな人間だって、何らかの傷を負ってるもんさ。確かに千晶が受けた傷は深い。しかしな、心の持ちようで立ち直れるはずだよ。父さんにできることがあれば、なんでもしてあげる。だから、その程度のことで挫《くじ》けたりするんじゃない」

「その程度のことだって？」

「言葉の弾みさ。別に傷がたいしたことじゃないと言ったつもりはない」

「お父さんは他者の傷《いた》みが全然わかってないわ。そんなふうだから、お母さんの気持ちが離れちゃったのよ」

「話をすり替えるなっ」

岩上が怒鳴《どな》って、勢いよく立ち上がった。千晶が声をあげて泣きはじめた。

「ガンさん、ちょっと……」

唐木田は岩上をベランダに誘い出した。

「男が千晶ちゃんを説得するのは難しいと思うんだ」

「かもしれねえな。電話で涼子を呼ぼうか」

「それはまずいね。麻実に来てもらおう。彼女もチームの仕事で、かつて敵に性的な屈辱感を味わわされたことがあっただろ？」

「そういえば、葬儀社の女社長は総身彫りの刺青《いれずみ》をした的場組《まとばぐみ》の組長に床に大の字に固定され、全身を舐め回されたり、女性自身に指を突っ込まれたことがあったな」

「ガンさん、何もディテールまで喋らなくってもいいと思うがな」

「おっと、無神経なことを言っちまった。親分、勘弁してくれや」

「ああ。麻実なら、千晶ちゃんを説得できると思うんだ」

「しかし、そうなったら、彼女は思い出したくない過去を思い出しちまう」

「麻実は小娘じゃない。そんなことぐらいじゃ、落ち込んだりしないさ」

「そうかね」

「おれに任せてくれないか。ガンさんは居間に戻っててよ」

唐木田は岩上に言って、懐から携帯電話を取り出した。すぐに岩上が室内に戻った。

唐木田は麻実の携帯電話を鳴らし、経過を話して協力を求める。麻実は快く説得役を引き受けてくれた。すぐさま自宅マンションを出るという。

唐木田はベランダから居間に戻った。

千晶は泣き熄《や》んでいた。だが、父親には背を向けたままだった。

唐木田は岩上の隣のソファに腰かけた。居間は沈黙に支配されていた。

二枚目の美容整形外科医が訪れたのは、数十分後だった。

浅沼は千晶の心の強張《こわば》りをほぐしながら、手早く左手首の手当てを済ませた。傷は思いのほか浅かった。縫合《ほうごう》の必要もないという話だった。

それから二十数分が流れたころ、今度は麻実が現われた。チームの紅一点は千晶に優しく話しかけ、二人で寝室に引きこもった。

唐木田、岩上、浅沼の三人はリビングソファに腰かけた。短い沈黙のあと、浅沼が小声で唐木田に話しかけてきた。

「矢島が例のフローズン・ハートを騙し取って、レシピエントの親から二億円をせしめたんですか？」

「そのことは、まだ未確認なんだ。そいつを吐かせる前に、矢島に逃げられちまったんでな」

「岩上さんの娘さんにそのことを訊いてみたら、どうです？」

「そうだな。もう少し落ち着いたら、千晶ちゃんに訊いてみよう」

「お願いします。ホスト崩れのチンピラが思いつくような犯罪《ヤマ》じゃないような気がするな。チーフは、どう思います」

「移植用心臓を騙し取った犯人が矢島滋だとしたら、誰かを知恵袋にしてるか、背後に首謀者《しゅぼうしゃ》がいるにちがいない」

「親分、おれもそう睨《にら》んでるんだ」

岩上が話に割り込んだ。三人は声をひそめながら、それぞれの推測を語り合った。

寝室から麻実が出てきたのは、数十分後だった。唐木田は目顔で麻実に問いかけた。

「千晶ちゃん、更生施設に戻るって」

「それはよかった。麻実、よく説得してくれたな。ありがとう」

「同じ女だから、わかり合える部分も多いのよ」

「女社長、ありがとな」

岩上が謝意を述べ、深々と頭を垂れた。

「ガンさん、水臭いんじゃない？　わたしたちはチーム仲間でしょ？」

「それでも、礼は礼さ。おれは実の娘を説得できなかった。なんだか恥ずかしいよ」

「父と娘だから、必要以上に意地を張り合っちゃうんじゃない？」

「確かに、そういうとこはあるな」

「それから千晶ちゃんから聞き出した話なんだけど、矢島は騙し取ったフローズン・ハートで二億円を稼いだと自慢してたそうよ」

「やっぱり、そうだったか」

唐木田は真っ先に応じた。

「札束の詰まった二つの大型ジュラルミンケースは、車を運転してた矢島の共犯者がどこかに運び去ったようだというの。その男は二十四、五で、矢島には〝タカ〟と呼ばれてたそうよ。〝タカ〟は姓か下の名前の一字でしょうね」

「ああ、多分な。麻実、おまえさんの車で千晶ちゃんとガンさんを川口の施設まで送り届けてやってくれないか」

「了解《ラジャー》！」

麻実がおどけて敬礼した。岩上と浅沼が小さく笑った。

「おれはひと眠りしたら、また矢島を待ってみる」

唐木田は誰にともなく言い、大きく伸びをした。

第二章　葬られた元ホスト

1

夕闇が一段と濃くなった。

マンションの窓から電灯の光が零《こぼ》れはじめた。だが、矢島の部屋は真っ暗だ。

唐木田はレクサスの運転席で長嘆息《ちょうたんそく》した。

車は八階建てのマンションの斜め前の路上に駐《と》めてある。四谷の自宅マンションで五時間ほど眠り、前夜と同じように張り込みを続行していた。

いつも張り込みは、自分との闘いだった。

焦《じ》れたら、ろくなことはない。マークした人物が現われるのを辛抱強く待つ。焦《あせ》りは禁物だ。

唐木田はラークマイルドをくわえた。火を点けようとしたとき、携帯電話の着信ランプが明滅しはじめた。

発信者は岩上だった。

「ガンさん、千晶ちゃんの様子は？」

「施設でおとなしくしてるよ。親分と美人社長には迷惑をかけちまったな。それから、千晶の傷の手当てをしてくれたドクにもさ」

「麻実も言ってたが、ガンさん、ちょっと水臭いよ。おれたちは仲間じゃないか」

「それはそうだが、自分よりも年下の連中に借りをつくっちまったような気がしてな」

「ガンさんの考え方は古風すぎるな。まだ四十代じゃないか」

「年齢がどうとか言うよりも、おれの性分《しょうぶん》なんだよ。ところで、いま署で矢島滋の犯歴照会をしたところなんだ。矢島に前科《マエ》はなかったが、十代のころにだいぶ補導されてた。喧嘩や万引きでな」

「そう」

「実は、少し前に矢島が働いてたホストクラブの支配人に会ってきたんだ。それで、矢島の共犯者《レツ》のタカって野郎のことがわかったぜ。本名は高垣満《たかがきみつる》で、一年ぐらい前までホストクラブの厨房《ちゅうぼう》で働いてたそうだ」

「高垣は調理師なのか」

「いや、調理師免許は持ってないらしい。コック見習いとして働いてたようだな。しかし、勤務態度がよくないんで、支配人はオーナーと相談して、高垣を解雇したんだと言ってた」

「矢島はホスト時代から高垣と親しくしてたんだね？」

唐木田は確かめた。

「ああ、そういう話だったな。高垣は矢島よりも一つ年下なんだが、二人は友達《ダチ》づき合いをしてたらしいよ」

「ガンさん、高垣の家《ヤサ》はわかったの？」

「コック見習いをしてたときは百人町《ひゃくにんちょう》の安アパートを借りてたらしいんだが、もうそこには住んでなかった。実家は九州の大分にあるんだが、高垣はもう五年以上も親兄弟と連絡を取ってない。だから、おふくろさんは息子の居所さえ知らなかった」

「そう。矢島の実家はどこにあるんだい？」

「八王子の片倉《かたくら》だよ。けど、矢島も高垣と同じように親許とは音信不通の状態になってる」

「矢島はあれだけの色男だから、女の知り合いが多そうだな。多分、昨夜《ゆうべ》は親しい女の部屋にでも転がり込んだんだろう」

「ああ、おおかたな。ホストクラブの支配人も、矢島の女友達のことはよく知らなかったよ。モテモテだったとは言ってたがね」

「当分の間、矢島は知り合いの女のとこに厄介《やっかい》になる気なんだろう。だとしたら、奴は着替えの衣類を取りに自宅に戻ってくるはずだ。ガンさん、おれはここで網を張りつづけるよ」

「親分、気をつけろや。矢島はトカレフを持ってるからな。なんだったら、これから北新宿に行こうか？」

岩上が言った。

「ひとりで大丈夫だよ。手製のホルスターには、新品のアイスピックが三本入ってる。矢島がぶっ放しそうになったら、アイスピックを投げるさ」

「親分のことだ、チンピラひとりに手を焼くようなことはねえだろう。けど、矢島を生け捕りにしたら、必ずおれに連絡してほしいんだ。娘をひどい目に遭《あ》わせた奴は半殺しにしてやらねえと、腹の虫が収《おさ》まらねえからな」

「連絡するつもりだが、ガンさん、もう少し冷静になったほうがいいよ。矢島に大怪我を負わせたら、刑事でいられなくなるぜ」

「そのときはそのときさ」

「何を言っても、耳を傾けそうもないな」

唐木田は笑いを含ませて言い、終了キーを押し込んだ。改めてラークマイルドに火を点ける。

煙草を喫《す》い終えて間もなく、今度は麻実から電話がかかってきた。

「ご苦労さんだったな。少し前にガンさんから連絡があったんだ」

「そうなの」

「千晶ちゃん、園長の言うことをちゃんと聞いてるみたいだな」

「ええ。彼女、もう逃げたりしないと思うわ」

「そっちがうまく説得してくれたおかげだな」

「ううん、別にわたしの手柄なんかじゃないわ」

「辛い思いをさせたな」

「え？」

「的場組の組長に性的な厭《いや》がらせをされたときのことをガンさんの娘に話したんだろ？」

唐木田は訊いた。

「ええ、少しだけね」

「不愉快な出来事を思い出させてしまって、悪かった」

「気にしないで。あのことは、もう風化しかけてるから。それよりも、わたし、矢島のことを赦《ゆる》せない。岩上さんにはとうとう言えなかったんだけど、千晶ちゃんは内腿《うちもも》のとこにタトゥーマシンでペニスの刺青《いれずみ》を入れられてたの」

「なんだって⁉」

「矢島は千晶ちゃんが覚醒剤を欲しがったとき、刺青を彫《ほ》らせてくれたら、〇・一五グラムそっくり注射してやるって言ったらしいのよ」

「汚い奴だ」

「千晶ちゃん、矢島に彫られたタトゥーは一生消せないと思い込んでたみたい。レイプ、覚醒剤、刺青なんかのことを考えて、衝動的に自殺する気になったんだと言ってたわ」

「かわいそうに。皆と違って、いまはレーザーで刺青なんか簡単に消せるのにな」

「ええ。千晶ちゃんが更生施設から出たら、わたし、彼女を病院に連れて行ってあげる」

「そうしてやってくれ。それからガンさんには、刺青のことは内緒にしといてくれないか」

「もちろん、そうするつもりよ。ただ、更生施設の園長には千晶ちゃんの刺青のことをこっそり教えておいたわ。そうしたら、千晶ちゃんを単独入浴させると約束してくれたの」

「そうか。それなら、千晶ちゃんも刺青のことを気にしなくても済むな。そっちはよく気が回るね。大助かりだよ」

「どういたしまして。それはそうと、矢島は自分のマンションに舞い戻ってきそう？」

麻実が問いかけてきた。

「多分、一両日中には着替えの衣服を取りに戻るだろう。なるべく早く塒《ねぐら》に戻ってきてほしいよ。長い張り込みは根気がいるからな」

「八時過ぎになれば、わたし、交代できるわよ」

「いや、単独で張り込む」

「矢島を取り押さえたら、たっぷりお仕置きをしてあげて」

「わかった」

「お仕置きが終わったら、フローズン・ハートのほうの事件についても口を割らせるんでしょ？」

「もちろんだ。移植用心臓を騙し取って、レシピエントの父親にフローズン・ハートを二億円で買い取らせるなんて悪質な犯罪だからな。見逃《みのが》すわけにはいかない」

「そうね。矢島の交友関係を洗いましょうか？」

「共犯者については、もうガンさんが調べ上げてくれたんだ」

唐木田は、高垣満のことをかいつまんで話した。

「若い小悪党二人が移植用心臓の横奪《よこど》りを思いつくはずはないわ。きっと矢島たちは、新手《あらて》の犯罪組織にお金で雇われたにちがいないよ」

「ああ、おそらくな」

「二人のチンピラを操《あやつ》ってる黒幕は、実に悪賢い奴ね。営利目的の誘拐だと、人質の拉致そのものが大変だし、身代金の交渉にも手間取るわ」

「そうだな。しかし、移植用臓器を騙し取った場合は、金を手に入れるまでにたいして時間はかからない。摘出から移植までの許容時間は最も短い心臓で四時間、肺は八時間、肝臓と小腸は十二時間、いちばん長持ちすると言われてる腎臓や膵臓《すいぞう》でさえ二十四時間が限度らしいんだ」

「俊さん、パソコンで医療技術関係の最新情報を集めたのね？」

「ああ、出かける前にちょっとな。使える臓器は、ただでさえ少ない。レシピエントにしてみれば、適合性の高い臓器を提供されたら、絶対に欲しいと切望するだろう」

「ええ、それは当然よね。犯人側は、レシピエントのそういう弱みにつけ込めば、まとまったお金を得られると悪知恵を働かせたわけね」

「そうにちがいないよ。臓器移植を望んでる患者本人か家族が経済的に恵まれてたら、五千万円でも一億円でも出すだろう。現に横浜の大学病院に入院中の女子大生の父親は、二億円でフローズン・ハートを買い戻した」

「ええ、そうだったわね。犯人側は全日本臓器移植ネットワークのコンピューターに侵入して、臓器提供の情報を盗んで、矢島たち二人をネットワークの職員に化けさせたんじゃない？」

「おそらく、そうなんだろうな。犯人は味をしめて、今後も摘出直後の移植用臓器をかっぱらう気でいるにちがいない」

「死の不安と闘ってるレシピエントたちに巨額で移植用臓器を買い取らせるなんて、最低のダーティー・ビジネスだわ」

麻実は、いかにも腹立たしげだった。

「そっちの言う通りだな。救いようのない悪行《あくぎょう》だ」

「黒幕がわかったら、そいつの腸《はらわた》を一つずつ抉《えぐ》り出して口の中に突っ込んでやりましょうよ」

「過激だな」

「そのぐらいのことをやらなきゃ、溜飲《りゅういん》が下がらないじゃないの。浅沼医院の地下室にあるクロム硫酸の液槽にすぐに入れるんじゃ、物足りないと思わない？」

「それは思うよ。しかし、腸を一つずつ抉り出すのも面倒だぜ。それに、悪人の臓器は鼻がひん曲がるほど臭いかもしれない」

「それじゃ、首謀者の全身の血を湯船の中でゆっくりと抜いてからクロム硫酸で〝骨《ほね》煎餅《せんべい》〟にしてやる？」

「処刑の方法は、あとでゆっくりと考えればいいさ。その前に、矢島たちの背後関係を調べ上げなきゃな」

「そうね」

「とにかく、矢島を締め上げてみるよ」

唐木田は電話を切って、ヘッドレストに頭を凭《もた》せかけた。

時間が虚《むな》しく過ぎていく。

唐木田は幾度も焦《じ》れそうになった。退屈でもあった。だが、張り込みを打ち切る気持ちにはなれなかった。

粘ったことは無駄にならなかった。午後九時を数分過ぎたころ、マンションの前に黄色っぽいタクシーが横づけされた。唐木田の車とは向き合う形だった。

タクシーの後部座席から降りた男の顔が街灯の光に浮かび上がった。

矢島だった。ハンサムな元ホストは五十年配のタクシー運転手に何か声をかけ、慌《あわ》ただしくマンションのエントランスロビーに走り入った。

タクシーは停止したままだった。

どうやら矢島はタクシーを待たせ、自分の部屋に着替えを取りに行ったらしい。唐木田は、矢島が戻ってくるのを待つことにした。

十分ほど経《た》ったころ、元ホストがマンションから姿を見せた。黄土色のトラベルバッグを提《さ》げていた。中身は衣類だろう。

矢島は、しばらく誰かの家の居候になる気になったらしい。あるいは、何日か旅行でもする気になったのか。どちらにしても、少しの間、自宅を空けるつもりなのだろう。

矢島がタクシーの後部座席に乗り込んだ。

タクシーが滑らかに走りだした。唐木田はタクシーを遣《や》り過ごしてから、大急ぎでレクサスをUターンさせた。

タクシーは青梅街道に向かっていた。

唐木田は一定の車間距離を保《たも》ちながら、黄色いタクシーを尾行しはじめた。

2

タクシーが停まった。

六本木の鳥居坂《とりいざか》から一本横に入った裏通りだった。矢島がトラベルバッグを抱え、車を降りた。

唐木田はウインドー・シールド越しに外を見た。

目の届く範囲に共同住宅の類《たぐい》は見当たらない。

矢島は数十メートル歩き、『ローザ』という店名のミニクラブに入った。黒幕と落ち合うことになっているのか。

唐木田はグローブボックスから、変装用の黒縁眼鏡《くろぶちめがね》と付け髭を取り出した。手早く変装し、ルームランプの光でバックミラーを覗く。

だいぶ印象が違って見える。矢島に見られても、まず気づかれないだろう。

唐木田は煙草を一本喫《す》ってから、ごく自然に車を降りた。夜気《やき》はひんやりと冷たい。

数日前から急に秋めいてきた。

唐木田は『ローザ』に足を踏み入れた。

テーブル席が七卓あり、右手にカウンターが延びている。ほぼ半分の席が埋まっていた。ホステスは五人しかいない。

矢島は奥の席で、二十八、九歳の和服の女と何か話し込んでいた。後ろ向きだった。

「いらっしゃいませ。ボックス席とカウンターがございますが、どちらになさいます？」

黒服の若い男が恭《うやうや》しく腰を折り、にこやかに問いかけてきた。

「ボックス席のほうが落ち着くな」

「それでは、ご案内いたします」

「その前に、ちょっと教えてくれないか。奥にいる和服の女性がママなのかな？」

「ええ、そうです。柳沢由紀《やなぎさわゆき》といいます」

唐木田は訊いた。

「まだ三十前だよね？」

「確か二十八だったと思います」

「二十代でママをやってるんだから、リッチなパトロンがいるんだろうな」

「そのあたりのことは、よく知らないんですよ」

「たとえ知ってても、客に教える馬鹿はいないよな?」

「ええ、まあ」

黒服の男が曖昧《あいまい》に言って、唐木田を席に案内した。導かれたのは、出入口に近いボックスシートだった。

黒服の男が料金のシステムを簡単に説明した。唐木田はオールド・パーをボトルで注文し、煙草に火を点けた。

少し経つと、紫色のミニワンピースを着たホステスが唐木田の席についた。佳奈美《かなみ》という源氏名だった。
二十二、三歳だろうか。ひと目で、美容整形手術を受けていることがわかる。二重瞼の切れ込みが深く、鼻も不自然なほど高い。鰓《えら》の部分も削《けず》り、歯茎《はぐき》もいじったようだ。顔全体が整い過ぎていた。
黒服の男がスコッチ・ウイスキーやグラスを運んできた。洋盆《トレイ》にはアイスペール、ミネラルウォーター、マドラーなども載っていた。

唐木田はオードブルを頼み、佳奈美にカクテルを振る舞うことにした。黒服が下がると、佳奈美が馴《な》れた手つきで水割りのスコッチをこしらえた。

待つほどもなく、ドライ・マティーニが届けられた。唐木田と佳奈美は軽くグラスを掲《かか》げ、それぞれ口に運んだ。

「元は女優さんだろ？」

「あら、お口がお上手なのね。お客さんは、嘘八百を並べたてててる悪徳不動産屋さんかしら？」

「うまいことを言うな。しかし、外れだ。おれは、ただの失業者さ」

「あら、あら」

「数カ月前に会社をリストラされたんで、自棄《やけ》になって遊び狂ってんだ。六百万円弱の退職金じゃ、小商《こあきな》いもできないからな」

唐木田は出まかせを口にした。まず相手の警戒心を解《と》く必要があった。

「昔は終身雇用というのが当たり前でしたが、いまはサラリーマンも先行きがわからなくなりましたよね？」

「ほんとだな。まさか三十代のおれがリストラの対象になるとは思わなかったよ」

「ショックだったでしょうけど、気を取り直して頑張って」

「退職金を遣《つか》い切るまでは、なんか働く気になれなくてね」

「まだ退職金は、かなり残ってるんですか？」

「佳奈美ちゃんと温泉に行けるぐらいの金は残ってるよ。店が終わったら、二人で熱海に行くかい？」

「せっかくのお誘いですけど、今夜はアフターの先約があるんです。ごめんなさい」

「振られちまったか。会社にも女性にも嫌われたんじゃ、自棄酒でも呷《あお》るほかないな」

「男性が拗《す》ねたりすると、わたし、とっても母性本能をくすぐられちゃうの」

「それじゃ、この店にせっせと通うかな」

「ええ、そうして」

佳奈美が身を寄り添わせ、唐木田の片手の甲に掌《てのひら》を重ねた。真紅のマニキュアが妙になまめかしかった。

グラスを重ねているうちに、いつしか二人は打ち解《と》けていた。

「ママと喋ってる男はまだ若いようだが、常連客なの？」

唐木田は、さりげなく問いかけた。

「ここだけの話にしてね。奥にいる男性は、ママの彼氏なの」

「そうだったのか」

「こっちに背中を向けてるから顔は見えないでしょうけど、かなりのイケメンなの。以前は新宿のホストクラブでナンバーワンを張ってたんだって」

「ママは、そのホストクラブで彼氏と知り合ったのかい？」

「ええ、そうらしいわ。ママが彼にぞっこんみたいよ。彼氏がお店に来ると、ママは接客が疎《おろそ》かになっちゃうの」

「よっぽど惚《ほ》れてるんだろうな」

「ママのほうが二つ三つ年上なんだけど、彼氏に首ったけなの。ママをお目当てに通ってきてたお客さんが何人も来なくなっちゃったわね」

「そんな調子じゃ、そのうちママはパトロンにお払い箱にされちまうな」

「ママに、パトロンはいないの」

「表向きはそういうことになってるんだろうが、絶対にパトロンはいるさ。ミニクラブといっても、ここは六本木だ。二十代の女性が自力でオーナーになれるわけない」

「店のオーナーは、ママのお兄さんなの。銀座に事務所を構えて、金融関係の仕事をしてるのよ。ここにも、週に一度は顔を出してるわ」

「こういう店を妹にやらせてるとこを見ると、裏金融でがっぽり稼いでるんだろうな」

「詳しいことはわからないけど、一年ほど前に関西から進出してきた街金融にお客さんを取られて、けっこう経営は大変みたいよ」

「そう。ママの兄貴は、どこに足《ゲソ》つけてるんだい？　当然、堅気じゃないんだろう？」

「そのへんのことはわからないわ。外見はビジネスマン風だけど、目つきがちょっと怕《こわ》いわね」

「ママとは、だいぶ年齢が離れてるのかい？」

「お兄さんは三十五、六よ」

「おれ、その男の下で働かせてもらおうかな。裏金融の仕事なら、給料は悪くないだろうからね。ママの兄貴の名前は、なんていうんだい？」

「柳沢正弘《まさひろ》よ。オフィスは銀座六丁目にあるらしいけど、社名まではわからないわ。なんだったら、ママに紹介してもらったら？」

「いや、それは避けたいな。ママの兄貴を自分の目で直《じか》に見て、どういう人物か見極《みきわ》めたいんだ」

「それじゃ、また来てくれるのね？」

「きみを口説《くど》きに通うよ」

「嬉しい！　お名前を教えて」

佳奈美が言った。唐木田は、中村一郎《なかむらいちろう》というありふれた姓名を騙《かた》った。

「失業中だから、お名刺は持ってらっしゃらないわよね？」

「ああ」

「携帯は？」

「サラリーマンのときは持ってたんだが、いまは使ってない」

「お住まいはどちらなの？」

「四谷のマンションに長く住んでたんだが、近く部屋を引き払って、リースマンションでも借りようと思ってるんだ」

「そうなの」

会話が途切れた。

ちょうどそのとき、ママが腰を上げた。彼女は客たちの席を回りはじめた。十分ほど過ぎたころ、ママの由紀が唐木田の席に挨拶にきた。

唐木田は和紙の名刺を受け取り、由紀の顔を改めて見た。細面だが、顎《あご》にかけて色気が感じられる。目鼻立ちは整っていた。妖艶な美女だ。

「雰囲気のあるいい店ですね。とても気に入りました」

唐木田は言った。

「ありがとうございます。これをご縁にどうぞごひいきに」

「ええ、寄らせてもらいます。まだ退職金が少し残ってますから」

「退職金？」

由紀が訊き返した。すかさず佳奈美が、唐木田の作り話をママに伝える。

「いろいろ大変ですね。もう少し景気がよくなってほしいわ」

「ほんとですね。再就職先が見つからなかったら、こっちはホームレスになるほかない」

「ご冗談を……」

「半分は本気なんだ」

唐木田は苦笑した。

そのとき、店に三十五、六歳の男がふらりと入ってきた。黒服の男たちの表情がにわかに引き締まった。

「それじゃ、ごゆっくり」

由紀が唐木田に言い、三十代半ばの男に歩み寄った。二人は、目のあたりがよく似ていた。

「ママのお兄さんよ」

佳奈美が唐木田に耳打ちした。柳沢正弘はダークグレイの背広をきちんと着ていた。ネクタイも派手ではない。

しかし、目の配り方に筋者《すじもの》特有の粘っこさがあった。柳沢は妹と短い会話を交わすと、まっすぐ矢島のいる席に向かった。

「すみません、ちょっと化粧室に行ってきます」

佳奈美が断って、ソファから腰を浮かせた。

唐木田は紫煙をくゆらせながら、時々、奥のテーブルに目をやった。壁際に坐った柳沢はやや前屈《まえかが》みになって、何か矢島に語りかけている。

佳奈美の話によると、柳沢の仕事はあまり芳《かんば》しくないようだ。それで柳沢は移植用心臓の横盗《ど》りを思いつき、由紀と交際中の矢島を実行犯に選んだのか。

矢島は単独でフローズン・ハートを騙し取る自信がなかった。そこで、かつての同僚の高垣満に片棒を担がせたのかもしれない。

二人がレシピエントの父親から手に入れた二億円は、まだ柳沢の手許にあるのか。矢島と高垣は、どのくらいの成功報酬を貰ったのだろうか。

少し待つと、佳奈美が戻ってきた。

唐木田は佳奈美と雑談を交わしながら、スコッチの水割りを飲みつづけた。柳沢が腰を上げたのは、十時半ごろだった。

唐木田は柳沢を追いたい衝動を抑《おさ》えて、グラスを重ねた。別段、柳沢の凄みにたじろいだわけではない。矢島の口を割らせるほうがたやすいと判断したわけだ。

唐木田は十一時に店を出た。勘定は、それほど高くなかった。

レクサスの運転席に乗り込むと、唐木田はすぐ岩上に電話をかけた。矢島の動きを伝え、柳沢兄妹のことも話した。

「親分、その柳沢正弘って野郎が首謀者臭《くせ》えな」

「おれも、そう睨んだんだ。そこで例によって、ガンさんに柳沢正弘の犯歴をチェックしてほしいんだよ」

「あいよ。折り返し、電話すらあ。ちょっと待っててくれや」

岩上の声が途切れた。唐木田は携帯電話の終了キーを押し、ラークマイルドをくわえた。

煙草を喫《す》い終えたとき、岩上からコールバックがあった。

「親分、柳沢は関東一心会郷原組の幹部だったぜ。有名私大の商学部出の経済やくざだよ」

「前科歴は？」

「公文書偽造と恐喝容疑で一度ずつ検挙されてるが、なぜか二件とも不起訴処分にされてる。大物政治家にでも泣きついたんだろうな」

「ええ、おそらくね。ホステスから聞いた話によると、柳沢は銀座に事務所を構えてるらしいんだが……」

「そいつもわかったよ。柳沢は六丁目の相和《そうわ》ビルの七階に『真誠《しんせい》ファイナンス』という裏金融会社のオフィスを構えてる。アウトロー、水商売関係者、サラ金のブラックリストに載ってる連中を相手に、トサンという高利で銭を回してるんだ。それから、危《ヤバ》い手形も割り引いてやってるようだな」

「そうか。しかし、関西系の街金《まちきん》に押され気味だという話だったな」

唐木田は言った。

「神戸の最大組織がダミーを使って、東京に街金や飲食店を次々にオープンさせてるのは事実だよ」

「それじゃ、柳沢のビジネスがうまくいってないと考えてもよさそうだな。それで、経済やくざは移植用臓器をかっぱらわせて、レシピエントの家族に巨額で買い取らせることを思いついたんだろう」

「ああ、考えられるな。親分は矢島がミニクラブから出てきたら、奴を痛めつける気なんだな？」

「そのつもりなんだ。何か進展があったら、報告するよ」

「ホスト崩れのチンピラなら、トカレフを奪えば、すぐにビビるだろう」

岩上が先に電話を切った。

唐木田は携帯電話を懐に入れ、シートに凭《もた》れかかった。矢島が出てくるのを待つ。

十一時半を回ると、ミニクラブから客が次々に出てきた。それから間もなく、ホステスや黒服の男たちが仕事から解放された。彼らが帰ると、店の軒灯が消された。

そのうちママの由紀と矢島も外に出てくるだろう。

唐木田は待ちつづけた。

しかし、矢島たち二人はいっこうに姿を見せない。店内で売上の計算でもしているのか。あるいは、二人は差し向かいで飲んでいるのかもしれない。

唐木田は『ローザ』に押し入る気になった。

グローブボックスから布手袋《ぬのてぶくろ》とピッキング道具を取り出し、静かに車を降りる。

唐木田はミニクラブに歩み寄り、重厚な木製扉に耳を押し当てた。

男女の話し声がかすかに聞こえるが、会話の内容まではわからない。

唐木田は周囲に人目がないことを確かめてから、布手袋を嵌《は》めた。ピッキング道具を使って、ドア・ロックを解く。

そっとドアを開けると、奥から男の荒い息遣いと女の淫らな呻き声が響いてきた。唐木田は抜き足で進んだ。

なんと矢島と由紀は店の隅で交わっていた。

ソファの背凭《せもた》れにしがみついた由紀は腰を折る形で、尻を大きく後方に突き出している。和服の裾は背のあたりまで捲《めく》り上げられている。白足袋《しろたび》は履《は》いたままだった。素っ裸よりも、かえってエロチックだ。

矢島もスラックスとトランクスを踝《くるぶし》まで下げ、抽送に励んでいた。片手で由紀のクリトリスを刺激し、もう一方の手で乳房を揉んでいる。

二人は行為に熱中していて、侵入者には気づかなかった。

唐木田は腰の手製ホルスターからアイスピックを抓み上げ、矢島に投げつけた。アイスピックは矢島の左腿に突き刺さった。

矢島が唸りながら、尻餅《しりもち》をついた。由紀が驚き、体の向きを変えた。

「滋君、どうしたの？」

「誰かが、こいつをおれに……」

矢島が言いながら、アイスピックを引き抜いた。

「お愉《たの》しみの邪魔をするつもりはなかったんだが、時間が惜しいんでな」

唐木田は二人に歩み寄った。

「あ、あなたは確か今夜ここにいらしたお客さんよね？」

由紀が着物の裾を下げながら、震え声で言った。

「そうだ。怪我をしたくなかったら、おとなしくしててくれ」

「目的は何なの？　滋君に乱暴なことはしないで」

「ソファに腰かけるんだっ」

唐木田は声を張った。由紀が気圧《けお》され、近くのソファに坐った。

「てめえは千晶の親父と一緒におれのマンションにいた野郎だな」

矢島が痛みに顔を歪《ゆが》めながら、スラックスとトランクスを引っ張り上げた。坐ったままだった。血の付着したアイスピックは、すぐそばに転がっている。

「岩上千晶をレイプしたときに撮った映像は、どこにある？　それから、彼女に覚醒剤を注射したときのビデオもあるはずだ」

唐木田は言った。

「ビデオ？　千晶が何を言ったか知らねえが、おれはビデオなんか撮った覚えはねえな。それからさ、おれは千晶とは合意の上で寝たんだ。覚醒剤《シャブ》だって、あいつが自分から注射してくれって言ったんだぜ」

「ふざけるな」

「おれ、嘘なんかついてねえよ」

矢島がにやついて、フロアからアイスピックを拾い上げた。

唐木田は踏み込んで、矢島の胸板を蹴った。矢島が咳込《せきこ》み、動物じみた声を放った。

それから、ゆっくりと横に転がった。

「空とぼける気なら、アイスピックを心臓に突き刺すぜ」

「くそっ」

「まだ粘る気かい？」

「そっちの言った通りだよ」

「ビデオはどこにあるんだ？」

「タカって友達《ダチ》に預けてある」

「そのタカって奴は、以前同じホストクラブで働いてた高垣満のことだな？」

唐木田は確かめた。

「なんでそんなことまで知ってんだよ⁉」

「まだ知ってるぜ。おまえと高垣は渋谷の総合病院から摘出されたばかりのフローズン・ハートを騙し取った。全日本臓器移植ネットワークの職員になりすましてな。そして、凍った心臓をレシピエントの父親に二億円で買い取らせた。おまえらは現金を手に入れた直後、車で老女を撥《は》ねてしまった。その現場を岩上千晶に目撃されたんで、おまえは彼女を拉致して自分のマンションに監禁した。そうだな？」

「………」

矢島は黙したままだった。すると、由紀が元ホストに問いかけた。

「滋君、その人が言ってることは本当なの？」

「そっちは黙ってろ」

「でも、滋君……」

「うるせえんだよ」

矢島が吼《ほ》えた。由紀が口を閉じた。

「おまえらは誰に頼まれて、フローズン・ハートを騙し取ったんだ？　チンピラどもが思いつくような犯罪《ヤマ》じゃないからな」

「タカとおれだけで絵図を画《か》いたんだ」

「世話を焼かせやがる」

唐木田は矢島の脇腹に強烈なキックを見舞った。矢島が四肢《しし》を縮め、長く唸った。

「もうやめて！　滋君が死んだら、わたし、黙っちゃいないわよ。わたしの兄は、ある組の幹部をやってるんだから」

「兄貴の柳沢正弘は関東一心会郷原組にいるらしいな」

「あなた、何者なの⁉」

由紀が声を裏返らせた。

「『ローザ』の奥のテーブル席で、きみの兄貴と矢島は何か話し込んでた。矢島たちを操ってたのは、柳沢正弘じゃないのか？」

「兄が滋君に何か危《ヤバ》いことをさせるわけないわ。兄は、わたしが滋君に熱を上げてることを知ってるんだから」

「ま、いいさ」

唐木田は由紀に言い、矢島を摑み起こした。

「おれを高垣のとこに案内しろ。ビデオを回収したら、おまえら二人をとことん締め上げてやる。そうすりゃ、いやでも雇い主の名を吐きたくなるだろうさ。高垣は、どこに住んでるんだ？」

「高円寺だよ」

矢島が小声で答えた。

唐木田は矢島の背を押した。矢島が片脚を引きずりながら、一歩ずつ歩きだした。

ほどなく二人は外に出た。由紀は不安顔でドアの近くまで追ってきたが、何も言わなかった。

唐木田は矢島を自分の車まで引っ張っていった。ドア・ロックを外そうとしたとき、急に矢島が逃げた。

唐木田は慌《あわ》てなかった。片方の腿に傷を負っている矢島の逃げ足は遅い。

「どこまで走れるか見届けてやろう」

唐木田は大股で矢島に従《つ》いていった。
六、七十メートル先の脇道から急に一台の乗用車が出てきた。灰色のプリウスだった。プリウスが矢島の真横に停まった。ほとんど同時に、後部ドアが開けられた。矢島が後部座席に急いで乗り込んだ。
プリウスのヘッドライトが消された。

すぐに無灯火の車は唐木田に向かって猛進してきた。唐木田は横に跳《と》んだ。プリウスは風圧を置き去りにして、瞬《また》く間に遠ざかっていった。

唐木田はナンバープレートを読む余裕もなかった。大急ぎでレクサスに乗り込み、プリウスを追った。

だが、無駄だった。共犯者の高垣がプリウスを運転していたのか。それとも矢島たちの雇い主が何らかの方法で密殺軍団の動きを察知し、手を打つ気になったのか。

唐木田は『ローザ』に車を向けた。由紀を人質に取って、矢島をミニクラブに誘《おび》き寄せるつもりだった。

3

ミニクラブのドアを開ける。

すぐ目の前にママがいた。鍵を手にしている。帰るところだったのだろう。

「矢島に逃げられたんで、また来たぜ」

唐木田は店内に入り、手早く内錠を掛けた。

由紀が怯《おび》えた表情で後ずさった。ハンドバッグを胸に抱え込んでいる。

唐木田は由紀を中ほどのボックス席のソファに腰かけさせた。自分は坐らなかった。

アイスピックをちらつかせながら、唐木田は口を切った。

「矢島の友人の高垣のことは知ってるな？」

「ええ、顔と名前は知ってるわ。でも、その程度のつき合いよ」

「高垣は灰色のプリウスに乗ってるんじゃないのか？」

「彼がどんな車に乗ってるのか、わたしは知らないわ」

「高垣が高円寺に住んでることは？」

「そういう話を滋君から聞いたことはあるけど、正確な住所はわからないわ」

「そうか。昨夜《ゆうべ》、矢島はきみの自宅に泊まったな」

「ええ」

「きみの自宅はどこにあるんだ？」

「天現寺よ。マンション暮らしなの」

「矢島は、きみの部屋の合鍵を持ってるのか？」

「ううん、持ってないわ。今夜は滋君と一緒にマンションに帰ることになってたから」

「矢島が持ってたトラベルバッグはどこにある？」

「奥のロッカールームにあるけど」

「ここに持ってきてくれ」

「中身は着替えの衣類やシェーバーだけだと思うわ」

「いいから、持ってきてくれ」

「わかったわ」

由紀はハンドバッグを卓上に置くと、渋々、立ち上がった。奥のロッカールームに歩《ほ》を運び、ほどなく戻ってきた。両手でトラベルバッグを抱えていた。

唐木田は由紀をソファに坐らせると、矢島のトラベルバッグのファスナーを開けた。

衣類や洗面道具などが詰まっているだけだった。

「おかしな物は何も入ってなかったでしょ？」

「まあな」

「携帯電話を出してくれ」

「あなた、何を考えてるのよ？」

「おれにアイスピックを使わせたいらしいな」

「手荒なことはしないで。いま、出すわ」

由紀が焦《あせ》ってハンドバッグの中から、パーリーピンクの折り畳み式携帯電話を取り出した。

唐木田は携帯電話を受け取ると、すぐに登録番号を調べた。矢島や柳沢正弘のナンバーが登録されていた。

唐木田は矢島の携帯電話を鳴らした。ややあって、中年男の声で応答があった。

「矢島の声じゃないな。おたくは？」

「警察の者です」

「いま、警察の者と言いましたよね？」

「ええ。警視庁機動捜査隊初動班の者です」

「矢島がどうかしたんですか？」

「殺されました」

「ええっ。どこで殺《や》られたんです？」

唐木田は早口で訊いた。

「赤坂九丁目にある檜町《ひのきちょう》公園内で何者かに頭部を撃ち抜かれたんです。即死状態だったようです」

「なんてことなんだ」

「おたくさん、被害者の友人か何かなんでしょ？　だったら、捜査に協力してくれませんか」

相手が言った。

唐木田は無言で終了キーを押した。ほとんど同時に、由紀が口を切った。

「滋君の身に何か起こったのね？」

「矢島は射殺された」

「嘘でしょ⁉」

「電話に出たのは、機捜《きそう》初動班の捜査員だったんだ。矢島は檜町公園で頭をぶち抜かれたらしい。おそらくプリウスに乗ってた奴の仕業《しわざ》だろう」

「いやーっ」

由紀が大理石のテーブルに突っ伏して、嗚咽《おえつ》にむせびはじめた。

唐木田は由紀のいるテーブル席から離れ、チーム仲間の浅沼に自分の携帯電話で電話をかけた。美容整形外科医は広尾の自宅兼医院にいた。

「ドク、ちょっと甘い拷問をかけてもらいたい女がいるんだ」

唐木田は経緯《いきさつ》をかいつまんで話した。

「その由紀ってママを焦《じ》らして、知ってることを喋らせればいいんですね？」

「そうだ。ついでに、デジタルカメラを持ってきてくれ。保険の映像を撮《と》っておきたいんでな」

「わかってますよ。十五分以内には『ローザ』に行けると思います」

浅沼が電話を切った。

唐木田は自分の携帯電話を懐に仕舞《しま》って、近くのソファに腰かけた。由紀は同じ姿勢で泣きじゃくっていた。

ホスト崩れの矢島が本気で由紀を愛していたとは思えない。矢島は年上の女の気を惹《ひ》きながら、小遣いをせびっていたのだろう。

ミニクラブのママが、それを見抜けないわけない。由紀は矢島に騙されていることを知りながらも、元ホストのチンピラと別れることができなかったのだろう。

唐木田は由紀に哀《あわ》れさを感じたが、慰めの言葉はかけなかった。煙草を黙って喫《す》った。

やがて、由紀の涙は涸《か》れた。化粧が崩れてしまったが、パフも口紅も取り出さなかった。うつけた表情で一点をじっと見つめている。

表で車の停まる音がした。

唐木田は立ち上がって、ドアの内錠を外した。外を覗くと、黒いポルシェが見えた。浅沼の車だ。

唐木田は『ローザ』のドアを大きく開けた。小さな紙袋を手にした浅沼がポルシェから降り、すぐに駆けてきた。紙袋の中には、デジタルカメラが入っているのだろう。

唐木田は浅沼を店内に入れると、また内錠を掛けた。

由紀が浅沼に気づき、顔に警戒の色を浮かべた。

「惚れてた元ホストが殺されちゃったんだってな。気の毒にな。しかし、死んだ人間はもう還《かえ》ってこない。早く元気を出さなきゃな」

浅沼がそう言いながら、由紀のいるボックス席に近づいた。紙袋を空いているソファに置くと、彼はメスを取り出した。刃渡りは十センチ弱だった。

「わたしをどうする気なの⁉」

「別にメスで斬り刻むわけじゃないから、安心してくれ。なかなかのナイスバディだな。着てるものを全部脱いで、オールヌードになってはしいんだ」

「わたしを軽く見ると、後悔するわよ。そっちにいる男にも言ったけど、わたしの兄は男稼業を張ってんだからね」

由紀が険《けわ》しい顔で凄《すご》んだ。

浅沼が薄く笑い、由紀の前まで進んだ。寝かせたメスを由紀の白い項《うなじ》に寄り添わせ、襟元《えりもと》から片手を滑り込ませた。

「変なことはやめて」

由紀が弱々しく抗議した。その声は震えを帯びていた。

浅沼が由紀の乳房をまさぐりはじめた。由紀は身を固くし、小さく抗《あらが》った。しかし、長くはつづかなかった。

一分も経《た》たないうちに、由紀は息を弾ませはじめた。喘《あえ》ぎが切なげな呻きに変わると、浅沼は胸の谷間から手を引き抜いた。帯止めの結び目をほどき、由紀を立ち上がらせた。

由紀が何か言いかけたとき、浅沼が焦茶《こげちゃ》の正絹帯《しょうけんおび》の端を摑んだ。

次の瞬間、由紀の体がバレリーナのように旋回した。浅沼は腰紐《こしひも》も手早く解き、淡い黄土色の着物と長襦袢《ながじゅばん》の前を大きくはだけさせた。

熟《う》れた乳房が半分ほど零《こぼ》れた。浅沼は腰の湯文字《ゆもじ》も外した。地紋入りの腰巻だった。

由紀が小さな声をあげ、股間に片手を当てた。彼女は和装用の下穿《したば》きを身につけていなかった。

浅沼が由紀の肩から着物と長襦袢を滑らせた。着物と長襦袢は、由紀の足許にわだかまった。

「さ、横になって」

浅沼が由紀をソファの上に仰向《あおむ》けに寝かせ、白足袋を脱がせた。由紀はまるで魔法をかけられたように、されるままになっていた。

唐木田は、浅沼の手際のよさに舌を巻いた。さすがは女たらしだ。

浅沼がソファの横にひざまずき、メスを由紀の喉元に当てた。由紀が一瞬、裸身を硬直させた。

「もう矢島のことは忘れよう。頭の中を空っぽにするんだ」

浅沼が優しく語りかけ、長く伸ばした舌の先で由紀の乳首を交互にくすぐった。二つの蕾《つぼみ》はすぐに尖《とが》った。

浅沼は乳首を口に含むと、右手を滑走させはじめた。ひとしきり休の線を確かめるように撫で回したあと、指先をデルタに伸ばす。

由紀は毛深い。恥毛はこんもりと繁っていた。

浅沼は黒々としたヘアを撫でつけてから、縦筋を指で押し分けた。濡れた音が小さく響いた。浅沼は卓抜なフィンガー・テクニックを披露しはじめた。五本の指は、流麗に動きつづけた。指使いには少しも無駄《ロス》がない。

官能を掻《か》き立てられた由紀は背を反《そ》らせ、腰をもぞもぞとさせた。浅沼は由紀を絶頂寸前まで押し上げると、きまって愛撫を中断させた。

「お願い、つづけて！」

由紀は、そのたびに浅沼にせがんだ。だが、浅沼は黙殺しつづけた。

唐木田は浅沼に目配せした。浅沼が陰核《クリトリス》とGスポットを同時に情熱的に慈《いつく》しみはじめた。すると、由紀はたちまち乱れた。

喉の奥で甘やかに呻き、裸身を妖《あや》しくくねらせた。浅沼は由紀が極《きわ》みに駆け上がりそうになると、またもや手を休ませた。

焦らされつづけた由紀は、浅沼を恨みがましい目で睨みつけた。

「おれの質問に正直に答えれば、きみを快楽の海に溺れさせてやろう」

唐木田は由紀に話しかけた。

「何が知りたいのよ？」

「きみの兄貴は、本当に矢島や高垣に何もやらせてないのか？　柳沢正弘は矢島たち二人にフローズン・ハートを騙し取らせたんじゃないのかっ」

「兄は、そんなことはさせてないと思うわ」

「きみは自分の兄貴を庇《かば》いたいんだろうが、『真誠ファイナンス』の事業内容は必ずしもよくないという情報が耳に入ってる」

「わたし、兄の本業のことはよく知らないの。でも、この店は儲かってるわ。だから、兄が移植用の心臓を滋君たちに騙し取らせて、それをレシピエントの父親に二億円で売りつけたなんてことは……」

「考えられない？」

「ええ、そうね」

「それじゃ、きみの兄貴に直《じか》に訊いてみるか」

「兄をここに呼びつける気なの⁉　そんなことしたら、二人とも殺されるわよ」

由紀が呆《あき》れ顔で言った。

「おれたちはヤー公を怕《こわ》がるほど気弱な人間じゃないんだ」

「強がり言っちゃって。それより、わたしは正直に答えたんだから、約束を守ってよね」

「いいだろう」

唐木田は浅沼に合図した。

浅沼がうなずき、巧《たく》みに指を使った。由紀は呆気《あっけ》なく沸点に達した。白目を見せながら、女豹《めひょう》のように唸った。突っ張らせた両脚は、ぶるぶると震えている。

浅沼が内奥《ないおう》に埋めた二本の指を半回転させると、ほどなく由紀はまた昇りつめた。悦《よろこ》びの声は、どこか呪文《じゅもん》に似ていた。

浅沼がメスを上着のポケットに入れ、由紀の性器から指を引き抜いた。しとどに濡れていた。指先から愛液が滴《したた》り落ちそうだ。

浅沼が足許から湯文字を拾い上げ、指先を神経質に拭《ぬぐ》った。由紀の胸は、まだ大きく波打っている。

唐木田は由紀の携帯電話を使って、彼女の兄に電話をした。ややあって、男の低い声で応答があった。

「柳沢正弘だな?」

「おれを呼び捨てにできる人間は組の関係者だけだが、そっちの声には馴染《なじ》みがねえな。言葉に訛《なまり》がねえから、関西の極道ではなさそうだ。何者なんでえ?」

「自己紹介は省《はぶ》かせてもらう。あんたの妹は、いま素っ裸でおれの目の前に横たわってる」

「てめえ、由紀に何をしやがったんだ⁉」

「おれの仲間があんたの妹を二度、この世の極楽に連れてってやった」

「てめえら、おれの妹を輪姦《マワ》しやがったんだなっ」

「おれたちは、そのへんのチンピラじゃない。輪姦なんかしてない。女好きの仲間が指で、あんたの妹を二回いかせてやったんだ。妹は、いい声で泣いてたぞ」

「ぶっ殺してやる!」

「そう興奮するなって。おれたちは『ローザ』のママを人質に取ってるんだ。あんたは下手な真似はできないはずだぜ」

「くそったれめ！　妹の声を聴《き》かせろや」

「いいだろう」

唐木田は携帯電話を由紀の耳に押し当てた。由紀が大声で兄に救いを求めた。唐木田は携帯電話をすぐに自分の耳許に戻した。

「妹の声に間違いないな？」

「そこは、どこなんだ？」

「六本木のミニクラブだよ」

「てめえらの目的は何なんだ？　身代金が欲しいんだな？」

柳沢が確かめる口調で言った。

「金には困ってない。あんたに訊きたいことがあるだけだ」

「何が知りてえんだっ」

「とにかく、急いで『ローザ』に来い。どのくらいで来られる？」

「三十分以内には行ける」

「あんたひとりで来い。もちろん、丸腰でな。妙な付録が一緒だとわかったら、あんたの妹の白い柔肌《ふ》は血で真っ赤に染まるぜ」

「由紀には指一本触れるなっ。おれは逃げも隠れもしねえ。すぐに店に行く」

「それじゃ、待ってるよ」

唐木田は終了キーを押し、由紀の携帯電話を大理石のテーブルの上に置いた。

「ね、もう着物を羽織《はお》らせて」

由紀が言った。唐木田は着物と長襦袢をまとめて掴み上げ、由紀の裸身の上に落とした。

「これで胸や大事なとこは隠れた。しばらくそのままでいてくれ。きみに逃げられたら、困るからな」

「わたし、逃げないわよ。だから、ちゃんと身繕《みづくろ》いさせて。兄に恥ずかしい姿を見られたくないの」

由紀が訴えた。

唐木田は取り合わなかった。浅沼が由紀のそばのソファに腰かけ、なだめるような眼差《まなざ》しを向けた。

唐木田は出入口に近いテーブル席につき、煙草に火を点けた。柳沢が丸腰で店にやってくるとは思えない。

十五分ほど過ぎてから、唐木田はソファから立ち上がった。

「ドク、ママをしっかり見張っててくれ」

「こっちは任せてください」

浅沼が上着のポケットから銀色に光るメスを掴み出し、掌《てのひら》で小さく弾ませた。

唐木田は『ローザ』を出て、暗がりに身を潜《ひそ》めた。

五分ほど待つと、闇の向こうにヘッドライトの光が透《す》けて見えた。光輪は、だんだん近づいてきた。

ほどなくミニクラブの斜め前に、銀灰色のメルセデス・ベンツが停まった。運転席から降りたのは柳沢正弘だった。

唐木田は目を凝《こ》らした。

ベンツの車内は無人だった。不審な人影や車も見当たらない。

柳沢が『ローザ』の前で足を止め、ベルトの下から自動拳銃を引き抜いた。暗くてタイプまではわからない。

柳沢が銃口を下に向けて、スライドを引こうとした。唐木田は暗がりから走り出て、肩で柳沢を弾いた。

柳沢がよろけた。だが、倒れなかった。

唐木田は横蹴りを放った。蹴りは柳沢の下腹に入った。柳沢が尻《しり》から落ち、仰向けに引っ繰《く》り返った。自動拳銃を握ったままだった。

唐木田は柳沢にのしかかり、自動拳銃を奪い取った。

コルト・ガバメントだった。四十五口径で、装弾数は七発だ。十一・四ミリのACP弾は、近距離では九ミリ弾二発分の破壊力がある。

唐木田は起き上がり、素早くスライドを引いた。初弾が薬室《チエンバー》に送り込まれた。

「ゆっくりと立ち上がって、店の中に入れ。約束を破ったな」

「威《おど》しに使うつもりだったんだ。人を撃《ハジ》く気はなかったんだよ」

「言い訳はいいから、早く立て！」

「わかった」

柳沢が身を起こし、『ローザ』に先に入った。唐木田は柳沢の背に銃口を突きつけ、店の奥まで歩かせた。

「兄さん！」

「由紀……」

柳沢兄妹は短い言葉を交わし合った。

唐木田は柳沢をカーペットにひざまずかせた。象牙色《ぞうげいろ》の革張《かわば》りクッションを嚙ませた銃口を柳沢の背中に押し当てる。

「あんた、矢島に渋谷の総合病院から摘出したばかりの移植用心臓をアイスボックスごと騙し取らせたんじゃないのか？」

「何を言ってやがるんだ!?　矢島のことは知ってるが、そんなことはさせてねえ」

「クッションで銃声は殺せるんだ。一度、引き金を絞ってやろうか」

「撃つな。おれは嘘なんかついてねえ」

「矢島も始末してないと言うのかっ」

「おい、矢島が始末されたって⁉」

柳沢が驚きの声を洩らした。

「矢島は今夜、赤坂の檜町公園で頭を撃ち抜かれて死んだ。凶器は、この拳銃じゃないのかっ」

「ばかを言うな。妹が惚れてた矢島をおれが殺《や》るわけねえだろうが」

「手を汚したのは、あんたの舎弟かもしれない」

「冗談じゃねえ。おれは矢島に臓器をかっぱらわせちゃいねえし、若い者にあいつを始末させた覚えもねえっ」

「あんたのやってる『真誠ファイナンス』に灰色のプリウスは？」

「国産車なんか一台も使ってねえよ。プリウスがどうしたってんだ？」

「おれは少し矢島を痛めつけたんだが、奴は途中で逃げ出したんだ。それで近くで待ち受けてた仲間のプリウスに乗って、そのまま逃げ去ったんだ。それから間もなく、矢島は檜町公園で射殺された。おれは、あんたが矢島の口を封じさせたと推測したわけだよ」

「おれは無関係だ。ほんとに、ほんとだよ。おれの話を信じてくれーっ」

「すんなり信じるわけにはいかない」

唐木田はコルト・ガバメントの銃把《グリップ》の角で、柳沢の頭頂部を強打した。骨が鈍く鳴った。

柳沢が両手で頭を抱え、前のめりに転がった。

「兄は、どの事件にも関与してないと思うわ。だから、もう荒っぽいことはやめて」

由紀が上体を起こし、大声で哀願した。

唐木田は無言で屈《かが》み込み、柳沢の肩、腰、太腿にアイスピックを浅く突き立てた。

それでも、柳沢は自分は無罪だと言い張った。

「もしかしたら、滋君はマンションの家主に移植用心臓を騙し取ってくれって頼まれたのかもしれないわ」

由紀が急に思い当たったような顔で口走った。

「なぜ、そう思ったんだ？」

「滋君、半月ほど前に『向こう十年間、家賃を払わなくてもいいんだ。家主の念書も取った』と得意顔で言ってたの」

「マンションの大家が矢島たち二人を操《あやつ》ってたんじゃないかと言うわけだな？」

「ええ、その疑いはあると思うの。家主は滋君のマンションに邸《やしき》を構えてる祖父江《そふえ》護《まもる》という男よ。五十二、三だと思うわ。そいつのことを少し調べてみたら？」

「そうしよう。きみらは、だいぶ仲がいいようだな？」

「たった二人だけの兄妹だから……」

「それじゃ、面白いことをさせてやろう」

「わたしたちに何をさせる気なの？」

「兄貴の顔の上に跨《また》がってクンニしてもらうんだ」

唐木田は冷然と言った。

「正気で言ってるの⁉　わたしたらは実の兄妹《きょうだい》なのよ」

「それだから、こっちには保険になるのさ。郷原組の奴らにしつこく追い回されるのは、うっとうしいからな」

「そんな犬畜生みたいなことはできないわ」

「やらなきゃ、兄貴の頭を銃弾で吹き飛ばすことになる」

「本気なの⁉」

「もちろん、本気さ」

「狂ってるわ、あなた！」

由紀が喚《わめ》いた。浅沼が由紀をソファから引きずり下ろし、メスの切っ先を乳房に浅くめり込ませた。

「由紀、おかしなことをするんじゃねえぞ」

柳沢が妹に言い諭《さと》した。

「死にたくなかったら、じっと仰向けになってろ」

唐木田は足で柳沢を仰向きにさせ、革張りのクッションを股間に置いた。すぐにコルト・ガバメントの銃口をクッションに沈めた。

「いくらなんでも、兄に大事なとこを舐めさせるなんて……」

由紀が浅沼に縋《すが》るような目を向けた。

「命令に従わなかったら、おれはメスで乳首を切断するぜ」

「それって、ただの威《おど》しでしょ？」

「威しかどうか試《ため》してみるんだね？」

浅沼が由紀の片方の乳首を二本の指で引っ張り、その根元にメスの刃先を近づけた。

由紀が意味不明の言葉を発し、童女のように首を烈《はげ》しく横に振った。

「時間稼ぎはさせないぞ」

唐木田は由紀を見据《みす》え、引き金の遊びをぎりぎりまで絞り込んだ。

「待って！　言われた通りにするから、兄を撃たないでちょうだい」

由紀が兄に走り寄り、顔面の上に跨った。

柳沢が両目をきつく閉じ、口も引き結んだ。

「兄さん、死んだつもりになろうよ。命令に背《そむ》いたら、きっと二人とも殺されるわ」

「けど、おれたちは兄妹じゃねえか。人の道を踏み外すようなことはできねえ。いや、やっちゃいけねえんだ」

「わたし、まだ死にたくないよ」

由紀が涙にくれながら、腰をぐっと落とした。濃い恥毛で、柳沢の顔が半分近く隠れた。

「もう肚《はら》を括《くく》れ」

唐木田は柳沢に言って、銃口を押し下げた。

柳沢が何か口走り、妹の秘めやかな肉を舌の先で掃《は》きはじめた。デジタルカメラを手にした浅沼がゆっくりと近づいてきた。

唐木田はさすがに気が咎《とが》め、そっと兄妹から目を逸《そ》らした。浅沼がアングルを変えながら、淫らなシーンを撮影しはじめた。

4

インターフォンが鳴った。

唐木田は居間のソファから立ち上がった。自宅マンションだ。マークしていた矢島が射殺された翌日の午後三時過ぎである。

来訪者は岩上だろう。

唐木田は、インターフォンの受話器を取らなかった。玄関に急ぎ、ドア・スコープに片目を寄せる。やはり、客は岩上だった。

唐木田は岩上をリビングに請《しょう》じ入れ、ソファに坐らせた。今朝《けさ》早く彼は電話で、岩上に矢島の事件に関する捜査情報を集めるよう頼んであった。むろん、柳沢兄妹のことも伝えた。

唐木田は昼食のときに淹《い》れたコーヒーを二つのマグカップに注ぎ、コーヒーテーブルに運んだ。

「親分、あまり気を遣《つか》わねえでくれや。そっちがチーフなんだからさ」

岩上がそう言って、ハイライトをくわえた。

「しかし、おれはガンさんよりも年下だからね」

「確かにおれのほうが年上だが、すべての面で親分よりも劣《おと》ってる。容姿、出身大学の格、資産で差をつけられてるし、こっちはバツイチの宿なしだ。おまけに、たったひとりの娘まで覚醒剤に溺れちまった」

「いつものガンさんらしくないな。僻《ひが》むなんて、おかしいよ。ガンさんは、いつも自分のスタイルで堂々と生きてきた。それなのに、くだらないことに拘《こだわ》ったりして……」

唐木田は微苦笑《びくしょう》し、岩上と向かい合う位置に腰かけた。

「なんだか男としての自信を失っちまったんだ。おれが職務に熱を入れてたのは、別に点数稼ぎたかったからじゃない」

「わかってるよ。ガンさんは法律の網を潜《くぐ》り抜けて、うまく世を渡ってる犯罪者をのさばらせておきたくなかったんだろ？」

「その通りなんだが、妻子の幸せを願って、がむしゃらに働いてきた面もあるんだ。しかし、おれの思いは別れた涼子には伝わらなかったし、千晶も早く見つけ出してやれなかった。結局、おれは妻子をハッピーにしてやれなかったんだ。つくづく駄目な人間だと思うよ」

　岩上が下唇を突き出し、煙草の煙を天井に噴き上げた。

「ガンさんは家族のために精一杯、頑張ってきた。駄目どころか、立派だよ。自分を責めることなんかないさ。それより、千晶ちゃんの様子は？」

「園長と午前中に電話で喋ったんだが、少し落ち着いてきたそうだ」

「それはよかったな」

「ああ。それで涼子に電話をして、千晶が川口の更生施設に入ってることを教えてやったんだ。やっぱり、ずっと涼子に黙ってるわけにはいかないと思ったんでな」

「別れた奥さん、びっくりしたろうな」

「一瞬、自分の耳を疑ったようだったよ。すぐに言葉は返してこなかった」

「そう」

「涼子は仕事を早退《はやび》けして、埼玉の施設に行ったらしいんだ。それで、千晶の生理が遅れてることを知ったというんだよ」

「えっ」

「千晶には性体験がなかったらしいんだ。だから、娘が妊娠してるとしたら、矢島の子を孕《はら》んだことになるな」

「ただの生理不順かもしれないから、いまから気を揉むことはないと思うな。仮に千晶ちゃんが矢島の子供を宿してたら、こっそり中絶手術を受けさせれば……」

「中絶手術を受けさせるのは難しいな」

「どうしてだい？」

唐木田は訊いた。

「千晶はカトリックの洗礼を受けたんだよ、おれたち夫婦が離婚して間もなくな。よく知らねえけど、カトリック教徒の女性は堕胎《だたい》をしちゃいけないはずだ。たとえレイプされて、妊娠した場合でもな」

「そうだったかな。そのあたりのことは確認したほうがいいね」

「ああ。もし千晶が矢島の子を産《う》むようなことになったら、それこそ地獄だ。千晶の人生を台無しにした野郎の血を引いた孫を抱かされるわけだからな」

「ガンさんの気持ちはわかるが、産まれてくる子に罪はないぜ」

「もちろん、頭ではそう思ってるさ。けど、なんの蟠《わだかま》りもなく初孫を抱くなんてことはできねえ」

岩上が短くなった煙草の火を揉み消し、五分刈りの頭を掻《か》き毟《むし》った。

「まだ千晶ちゃんが妊娠してると決まったわけじゃないんだ。ガンさん、あまり深刻にならないほうがいいよ」

「そうだな。プライベートなことで、余計な心配をかけちまった。親分、勘弁してくれや」

「別に、おれは何も……」

「報告が後になっちまったが、所轄署から矢島の事件《ヤマ》の情報を少し入手してきたよ」

「ご苦労さん！」

唐木田は宿なし刑事を犒《ねぎら》って、コーヒーをブラックで啜《すす》った。岩上が着古したウールジャケットの懐から手帳を取り出した。

「親分、きょうのテレビニュースは？」

「観《み》たよ。射殺事件のアウトラインはわかってる。矢島は公園の遊歩道で至近距離から頭部を撃たれたと報じられてたが、詳しいことはまだわかってないと言ってた。犯行に使われた凶器は？」

「ライフルマークから、デトニクスと判明した。ポケット・ピストルなんだが、四十五口径ACP弾をフルで七発も装弾できるんだ。矢島の後頭部の下の部分に射入孔があった」

「ということは、犯人は矢島よりも背が低いと推測できるな」

「ああ」

「犯人の遺留品は？」

「薬莢《やっきょう》が一つに、頭髪数本と着衣の繊維が採取されてる。しかし、犯行を目撃した者は零《ゼロ》なんだよ」

「そう。犯人のものと思われる足跡は？」

「二十五センチの厚底のワークブーツらしい靴痕が犯行現場に遺《のこ》されてた。犯人の推定年齢は二、三十代の男だろうな」

「ガンさん、物盗《ものと》り目的の可能性は？」

「それは考えにくいな。矢島の札入れは盗《ギ》られてなかったし、ロレックスの腕時計も持ち去られてない」

「そうか。手口が鮮やかだから、犯罪のプロの犯行だろうね」

「その線が濃いな。しかし、フローズン・ハート絡《がら》みの事件の共犯者の高垣満の犯行《ヤマ》じゃないとも言い切れない。その高垣の家《ヤサ》だが、高円寺にはなかったな」

「柳沢由紀が偽情報《ガセネタ》をかませたんだろうか」

「矢島がいい加減なことを言ったんだろう。高垣の本籍地にある市役所に問い合わせてみたんだが、現住所は割り出せなかった」

岩上が言って、マグカップを摑み上げた。

「矢島の遺体は？」

「少し前に八王子にある実家に搬送《はんそう》されたって話だったよ。それから、矢島は渋谷を根城にしてるイラン人密売グループから覚醒剤《シャブ》を入手してたこともわかった。しかし、そいつらとは一度もトラブルを起こしてない」

「そう。ガンさん、矢島が借りてたマンションの大家のことも調べてくれた？」

「ああ、調べた。祖父江護は輸入家具会社の二代目社長だったんだが、赤字経営になったんで、父親から引き継いだ会社を畳んでしまったんだ」

「それ以来、親から相続した北新宿のマンションの家賃収入で喰《く》ってるのかな？」

「趣味で画廊を経営してるようだが、そっちは開店休業の状態らしい。ギャラリーは南青山にあるんだ。店名は『祖父江ギャラリー』だよ」

「祖父江は、その画廊に毎日通ってるんだろうか」

「いや、月に数回しか顔を出してないみたいだな。ふだんは、十年ほど前に離婚した二度目の元妻がギャラリーの店番をしてるらしいんだ」

「ということは、バツ二ってわけだな」

「そうなんだ。最初の奥さんも再婚相手も子供ができなかったらしいから、あっさり別れちまったんだろうな」

「ギャラリーの店番をしてる二度目の元妻の名は？」

唐木田は矢継ぎ早に質問した。

「古谷優子《ふるやゆうこ》、四十五歳。その女に会えば、祖父江のことはもっと詳しくわかるはずだ」

「そうだろうね。おれ、あとで南青山の『祖父江ギャラリー』に行ってみるよ」

「そうかい。おれは、そろそろ署に戻らなきゃならねえ。捜査会議があるんだ」

岩上が言いながら、腰を上げた。

唐木田は岩上を玄関まで見送ると、すぐに外出の支度に取りかかった。戸締りをして、部屋を出る。

唐木田はエレベーターで地下駐車場に降り、レクサスに乗り込んだ。南青山に向かう。

『祖父江ギャラリー』は、表参道駅から根津美術館に抜ける通りの途中にあった。地元では、楡家《にれけ》通りと呼ばれている緩《ゆる》やかな坂道だ。通りの両側には、小粋なブティックや洒落《しやれ》たビルが軒《のき》を連《つら》ねている。

唐木田は車を路上に駐《と》め、店舗ビルの一階にある画廊に歩《ほ》を進めた。ギャラリーは総ガラス張りで、店内の様子が丸見えだ。

三十畳ほどのスペースだ。三方の壁面に大小の油彩画が掲《かか》げられている。風景画が多く、静物画は数えるほどしかない。

装身具を光らせた四十代半ばの女性が所在なげに店内を歩き回っていた。古谷優子だろう。客の姿はなかった。

唐木田は画廊に足を踏み入れた。

すると、アクセサリーで身を飾った女がにこやかに笑った。茶色のスーツ姿だ。丸顔で、体つきもふくよかだった。

「警視庁捜査一課の中村です」

唐木田は偽名を口にし、模造警察手帳を相手に短く呈示した。

「刑事さんが、このギャラリーに足を踏み入れたのは初めてだわ。なんだか緊張してしまうわ」

「ちょっとした聞き込みですので、あまり緊張しないでください」

「は、はい」

「失礼ですが、あなたは十年ほど前に祖父江護氏と離婚された古谷優子さんではありませんか？」

「ええ、そうです。祖父江が何か悪いことでもしたんですか⁉」

古谷優子の声は、やや掠《かす》れていた。

「いいえ、そうじゃないんですよ。きのう、赤坂の檜町公園内で矢島滋という若い男が射殺されたんですが、その事件のことはご存じですか？」

「テレビのニュースで、その事件のことは知ってます。殺された方が祖父江の所有してるマンションの居住者なんで、少し驚きました」

「被害者と会ったことは？」

「わたし自身は一面識もありませんが、祖父江から矢島さんの話は幾度か聞いたことがあります。かつて新宿のホストクラブで働いてたとかで、大変な美青年だったそうですね。画面に映し出された顔写真を見て、わたしもそう感じました」

「祖父江さんは、被害者とだいぶ親しかったようですね。矢島滋の家賃を向こう十年間免除するという念書まで認《したた》めたという情報も摑んでるんです」

唐木田は探《さぐ》りを入れた。

「その話は初耳だわ。祖父江は昔から前途のある若い方たちの面倒を見るのが嫌いじゃありませんでしたが、そこまでやるなんて驚きです」

「祖父江さんは子供がいらっしゃらないんで、被害者を自分の息子のように思ってたんですかね。それとも、二人の間には何か特殊なものがあったんでしょうか？」

「祖父江には男色趣味はありません。彼は、根っからの女好きですもの。最初の奥さんもわたしも祖父江の女狂いに呆《あき》れて、離婚する気になったんです」

「そうだったんですか。だとすると、祖父江さんは矢島滋を息子のようにかわいがってたんですかね？」

「その話にも、ちょっとうなずけないわ。祖父江は女道楽だけじゃなく、ギャンブルも大好きなんです。あちこちの秘密カジノに出入りして、十億近い借金があるんですよ。自宅とマンションの土地は、それぞれ第二抵当権まで設定されてるはずです」

「大きな借金があるのに、被害者の家賃を向こう十年間も免除するというのは常識では考えられないな」

「ええ。刑事さんにこんなことを言うのも変ですが、祖父江は殺された元ホストの彼女にうっかり手をつけちゃったんじゃないのかしら？　なにしろ、病的な女好きですから」

「被害者がそのことを知って、祖父江さんに何らかの詫《わ》びを求めた。祖父江さんは借金があるんで、一時金を払うことはできなかった。そこで、矢島滋の部屋の家賃を向こう十年間、只《ただ》にするという念書を書いた？」

「ええ、そういうことなんじゃないのかな。祖父江は日下、上海クラブの美人ホステスに入れ揚げてるから、まとまった詫び料なんか払えるわけない。わたしの慰謝料もちゃんと払ってくれないんで、この画廊の店番をして給料という形で月に四十万円ずつ貰ってる状況なんですよ」

　優子が諦《あきら》め顔で言った。

「祖父江さんが熱心に通ってる上海クラブは、新宿にあるのかな？」

「ええ、歌舞伎町二丁目の『秀麗』とかいう店よ。祖父江は香桃《シャンタオ》とかいう源氏名のホステスに夢中みたい。二十三、四の小娘らしいんですけどね。それから、上海マフィアが仕切ってる中国賭博場にも出入りしてるようです。ここに何度か中国人の取立て屋が来たことがありますんで」

「祖父江さんは上海マフィアとつき合いがあるんだったら、拳銃の入手も不可能じゃないんだろうな」

　唐木田は呟いた。

「刑事さんは、祖父江が元ホストの若い男を殺したと疑ってるんですか⁉　彼には、人殺しをするだけの度胸なんかありませんよ。坊ちゃん育ちだから、わがままで傲慢《ごうまん》なとこがありますけど、根は気が弱いんです」

「そうなんですか。ところで、きょうは祖父江さん、北新宿三丁目のご自宅にいらっしゃるんですかね？」

「もうじき祖父江は、ここに来るはずです。きょうは、わたしの給料日なんですよ。数日中にわたしの銀行口座に給料を振り込むと言ったんですけど、何度も嘘をつかれてるんで、現金を持って来いって言ってやったんです」

「そうなんですか。わたしがここに聞き込みに来たことは祖父江さんには内聞《ないぶん》に願います」

「まだ彼を疑ってらっしゃるのね」

「そういうわけではないんですが、内偵捜査のことは誰にも知られたくないんですよ」

「わかりました。あら、噂をすれば、なんとやらだわ。祖父江が来ました」

優子が囁《ささや》き声で告げ、さりげなく唐木田から離れた。

「もう少し金が溜《た》まってから、例の油彩画を買いに来ます」

唐木田はことさら大声で優子に言い、体の向きを変えた。白髪《しらが》の目立つ五十年配の男が会釈《えしゃく》し、にこやかに話しかけてきた。

「画廊主の祖父江です。お気に入りの作品がございましたら、三十回払いでも結構ですよ。どの絵をお買いになりたいんでしょう?」

「ローンは嫌いなんですよ。もう少し金が溜まったら、また来ます」

唐木田は伏し目がちに言い、急いでギャラリーを出た。車のある場所とは反対方向に歩きだす。唐木田は大きく迂回《うかい》して、レクサスの運転席に入った。

車を数十メートル後退させ、祖父江が画廊から出てくるのを待つことにした。

それから十分ほど経《た》ったとき、麻実から電話がかかってきた。唐木田は、これまでの経過を話した。

「チャイニーズ・マフィアはお金になることなら、なんでもやるんじゃない？　俊さん、上海マフィアが博打《ばくち》の貸し金を取立てる代わりに祖父江にフローズン・ハートを騙し取れと命じたとは考えられない？」

「それで祖父江は、矢島に実行役を引き受けさせたってことだな？」

「ええ、そう。そう考えれば、家賃を向こう十年間免除するって念書の説明がつくでしょ？」

「うん、まあ。矢島は自分ひとりじゃ心許《こころもと》ないんで、高垣に片棒を担がせた？」

「ええ、おそらくね」

「祖父江を尾行して、上海マフィアとどの程度のつき合いをしてるのか、とりあえず探ってみるよ」

「二人でリレー尾行したほうがいいんじゃない？」

麻実が言った。

「祖父江は坊ちゃん育ちらしいから、あまり警戒心は強くないだろう。おれひとりで大丈夫さ」

「そう。応援が必要なときは、すぐに連絡してね」

「そうしよう」

唐木田は電話を切って、変装用の黒縁眼鏡をかけた。

第三章　不審な上海マフィア

1

画廊の照明が消えた。

ちょうど午後七時だった。待つほどもなく画廊主の祖父江と優子が姿を見せた。

唐木田は、やや倒していた車の背凭《せもた》れを起こした。

祖父江が店のシャッターを下《お》ろした。元妻の優子が祖父江に小さく手を振り、最寄《もよ》りの地下鉄駅の方向に歩きだした。

祖父江は数軒先にあるイタリアン・レストランに入った。小さな店だった。

唐木田は車の中で待つことにした。

グローブボックスの中からビーフ・ジャーキーとラスクを取り出し、交互に口に運ぶ。張り込み用の非常食だ。当座の空腹感は凌《しの》げる。

唐木田は一服すると、チーム仲間の浅沼に電話をかけた。岩上から聞いた話を伝え、祖父江を張り込み中であることも告げた。

「千晶ちゃんが妊娠してたら、ちょっと厄介《やっかい》ですね。岩上の旦那はもちろん、千晶ちゃんの母親も出産には反対するでしょうからね」

「だろうな。千晶ちゃんだって人生のシナリオを変えさせられるわけだから、宗教的な枷《かせ》がなければ、子供なんか産みたくはないはずさ」

「でしょうね」

「ドク、流産を促《うなが》す服《の》み薬はあるんだろ？」

「あることはありますよ、流産誘発剤がね」

「知り合いの産婦人科医か薬剤師から入手は可能か？」

「ええ、いつでも入手できます。チーフは千晶ちゃんが妊娠してたら、こっそり彼女に流産誘発剤を服ませる気でいるんですね？」

浅沼が確かめる口調で言った。

「ああ、差し入れの喰《く》い物にそっと流産誘発剤を混ぜてな。そうすれば、ガンさんの娘は悩まなくても腹の胎児を始末できる。親たちも、ひと安心できるじゃないか」

「それがベストの選択肢なんでしょうね」

「ドク、流産誘発剤が必要になったときは、ひとつ頼むぜ」

「わかりました」

「ところで、祖父江が博打の借金をチャラにしてやるからって、上海マフィアからフローズン・ハートを手に入れろと命じられたんじゃないかという麻実の推測についてはどう思う?」

「考えられないことじゃないと思います。多くの中国人は、フィリピン人やインド人と同様に臓器が金《かね》になることを知ってますからね」

「確かフィリピンは、臓器の売買は合法だったな」

「ええ、フィリピンでは臓器売買は法律で禁止されてません。一九九二年に臓器提供法ができたんですが、その中に臓器売買の禁止規定は盛り込まれてないんですよ」

「それだから、たくさんの外国人がフィリピンの病院で移植手術を受けてるんだな」

唐木田は言った。

「そうです、そうです。腎臓移植が圧倒的に多いんですが、近年の臓器提供はすべて売買で行われてます」

「臓器提供者《ドナー》は受刑者が多いらしいな?」

「その通りです。マニラにあるフィリピン腎臓センターのドナーの大半は受刑者です。一九八四年ごろまでは釈放や減刑を期待して、片方の腎臓を提供する者が多かったようです。しかし、その後は謝礼として現金を受け取る受刑者が増えたんですよ。売買なら、レシピエントとドナーの双方が面倒がないと考えたからでしょうね。相場は五万ペソから八万ペソと言われています」

「一ペソが約五円と計算すると、二十五万から四十万円程度だな」

「そうですね。ドナーの受刑者の大半は貰った謝礼で、家族のために土地や水牛を買ってるようです。せめてもの罪滅《つみほろぼ》しってわけなんだろうな」

「きっとそうにちがいない」

「インドでは、もっと大規模な臓器売買が行われてます。世界中の腎臓売買の七割以上をインドが占めてます。値段は平均で約三万ルピーですから、およそ十二万円ぐらいですね」

「フィリピンより安いな」

「ええ。だから、インドには移植ブローカーが多いんです。原則として臓器売買は禁じられてるんですが、抜け道だらけなんですよ。ついでに言うと、インドは医学標本用の全身骨格や頭蓋骨《ずがいこつ》の最大供給源なんです。世界にある骨の標本の八割以上がインド人のものと言われてます。日本の病院や学校にある標本は、ドイツの会社がインドで買い付けて製品化したものです。頭蓋骨一つで二十五、六万円でしょう」

「中国では、死刑囚からの臓器移植が行われてるらしいな」

「ええ。現在、中国には臓器移植を規制する法律はありません。ドナーの九割が若い男性死刑囚と言われてます」

浅沼が言った。

「中国では年間数千件の死刑が執行《しっこう》されてるらしいから、供給は充分なんだろうな」

「ええ、それはね。中国では一九八〇年代の半《なか》ばから、北京、上海、広州といった主要都市で臓器移植が盛んに行われるようになりました。件数で言うと、腎臓移植が最も多いですね。もちろん、心臓、肝臓、膵臓《すいぞう》なんかの移植手術も行われてます」

「死刑執行日には医者が刑場に出向いて、死亡した囚人の臓器を摘出してるのか？」

「そうです。それで、病院で待機してるレシピエントに臓器を移植するわけですよ」

「死刑囚の遺体はどう扱われてるんだい？」

「火葬されて、身許引受人に遺灰が渡されるんです」

「遺族は金を貰ってるのか？」

「貰うケースもあるみたいですが、たいていの遺族は何も……」

「そうか。レシピエントは、やはり中国人が多いんだろうな」

「ええ、そうです。ただし、高級官僚、軍幹部、経済の自由化で成功した起業家たちに限られてます。移植費用が最低千五百万、平均で二千五百万円ですから、大陸に住む一般の国民はとても手術を受けることはできません。海外で活躍してる裕福な華僑やリッチな外国人の移植手術は優先的に行われてます」

「中国に渡って、移植手術を受けた日本人の数は？」

唐木田は訊《き》いた。

「すでに百数十人はいるはずです。レシピエントが払った費用は、ブローカー、警察、病院、軍などに分配されてるんです。分配の割合については、正確にはわからないな」

「そうか。いずれにしても、上海マフィアたちは人間の臓器がビジネスの材料になるとわかってるわけだ」

「ええ。そして、日本に不法残留してるチャイニーズ・マフィアなら、この国のドナー不足が深刻であることも知ってるはずですよ。だから、祖父江の借金を棒引きにしてやるから、なんとかフローズン・ハートを手に入れろと唆《そそのか》した上海マフィアがいたとしてもちっとも不思議じゃありません」

「そうだな」

「祖父江をマークしてれば、きっと何かが見えてきますよ」

「ドク、今夜は携帯の電源をずっとオンにしといてくれ。祖父江が『秀麗』って上海クラブに入ったら、そっちに店内の様子を探《さぐ》ってもらいたいんだ。おれは、祖父江に顔を見られてる。変装用の黒縁眼鏡をかけてるんだが、クラブの客になるのは危険だからな」

「そうですね。出動命令を待ってます」

浅沼が電話を切った。

唐木田は携帯電話を懐に戻し、ラークマイルドに火を点けた。

小さなイタリアン・レストランから祖父江が出てきたのは、八時十五分ごろだった。

唐木田はシートベルトを掛けた。祖父江は青山通りまで歩き、タクシーを拾った。

唐木田は、タクシーを追尾《ついび》しはじめた。

タクシーは神宮前の裏通りを走り、明治通りに出た。新宿方面に直進し、職安通りを突っ切る。

行き先は上海クラブではなさそうだ。タクシーは新宿七丁目交差点から百数十メートル先を左折し、大久保小学校の近くで停まった。付近にはマンションやラブホテルが密集している。

祖父江がタクシーを降り、馴《な》れた足取りで路地に消えた。

唐木田は急いでレクサスから出て、路地まで駆けた。祖父江は夜道をのんびりと歩いている。尾行に気づいた様子はない。

唐木田は路地に足を踏み入れた。

人通りは少ない。祖父江が八階建てのマンションの中に入っていった。唐木田は走り、マンションのエントランスロビーに近づいた。

祖父江はエレベーターを待っていた。

唐木田はアプローチの植え込みの中に入り、すぐに身を屈《かが》めた。祖父江がエレベーターに乗り込んだ。階数表示ランプは三階で停止した。

唐木田は集合郵便受けに歩み寄り、居住者の名を確かめた。

三〇三号室のプレートに、長江公司《チャンジャンコンス》という文字が見える。長江は中国の大河で、その河口は上海市の北にある。

どうやら三〇三号の主は、上海出身の中国人らしい。新宿を根城にしている上海マフィアの関係者なのか。

唐木田はエレベーターで三階に上がった。

歩廊《ほろう》に、人の姿はない。祖父江は三〇三号室に入ったと思われる。

唐木田は青いスチール・ドアに耳を押し当てた。男たちの興奮した声が響いてきた。

大《ダア》とか小《シャオ》とかいう中国語の掛け声だ。室内では、ダイスを使った中国賭博が行われているらしい。

唐木田は耳をそばだてた。日本語も聴こえる。三、四人の日本人客がいる模様だ。

エレベーターの開閉する音がした。唐木田は三〇三号室から素早く離れ、歩廊の端まで歩いた。ポケットから部屋の鍵を出す振りをしながら、小さく首を巡《めぐ》らせた。

光沢のある青いチャイナドレスを着た若い女が初老の和服姿の男と腕を組みながら、足早に歩いてくる。女のほうが頭一つ分だけ背が高い。

二人が三〇三号室の前にたたずんだ。

女がインターフォンを鳴らした。ややあって、スピーカーから男の声が流れてきた。

中国語だった。

北京語か上海語かは、唐木田にはわからない。早口だった。

チャイナドレスの女が中国語で何か短く喋《しゃべ》った。短い応答があり、スピーカーは沈黙した。

青いスチール・ドアが開けられた。

チャイナドレスの女と和服姿の男が部屋の中に入った。じきにドアが閉められ、シリンダー錠を倒す音がかすかに耳に届いた。

どうやら中国人ホステスが日本人の馴染み客を秘密の賭場に案内しているらしい。そうした男たちは、祖父江と同じようにカモにされることになるのだろう。

数分後、三〇三号室から青いチャイナドレスの女だけが出てきた。職場に戻るのか。女はエレベーターホールに向かった。

唐木田は忍び足で歩廊を進み、扉の閉まりかけた函《ケージ》の中に走り入った。女が驚きの声を小さく洩らした。

「びっくりさせて申し訳ない」

唐木田は謝《あやま》った。すると、女がたどたどしい日本語で言った。

「大丈夫、ちょっと驚いただけ」

「中国の方でしょ?」

「はい。上海から来ました」

「チャイナドレスが似合うな。切れ込み《スリット》からちらつく脚《あし》が色っぽいね。いつもチャイナドレスを着てるんですか？」

唐木田は訊いた。エレベーターが下降しはじめた。

「それ、違います。こういう服を着るのは、お店に出てるときだけ」

「お店って？」

「わたし、『秀麗』という上海クラブで働いてます。社長のオフィスに、ちょっと用がありました」

「社長というのは、『秀麗』のオーナーのことだね？」

「そうです。許《シェ》社長、クラブや貿易会社を経営してる。上海出身の中で、いちばん出世した人物ね」

「そう。三〇三号室は、いつも賑やかだな」

「あなた、このマンションに住んでる？」

「うん、まあ」

「三〇三号室のこと、あまり気にしないほうがいい。許《シェ》さんに文句言ったら、中国の強い男たちが何人も集まるよ」

女が目を攣《つ》り上げ、凄むように言った。

「別にクレームをつける気はないよ」

「そう」

「『秀麗』に行けば、きみに会えるんだね。名前、教えてほしいな」

「お店に来たら、あなたにわたしの名前を教える」

「嫌われちゃったようだな」

唐木田は肩を竦《すく》めた。

エレベーターが一階に着いた。青いチャイナドレスの女はそそくさとホールに降り、急ぎ足で遠ざかっていった。唐木田はマンションを出ると、自分の車に向かった。

レクサスをマンションのある通りに移動させ、すぐにヘッドライトを消した。エンジンも切る。

祖父江がマンションから現われたのは、十時半ごろだった。肩を落とし、うつむき加減で歩いている。中国賭博で大きく負け込んでしまったのだろう。

唐木田は祖父江の後ろ姿が遠のいてから、車のエンジンを始動させた。ヘッドライトを灯《とも》し、徐行運転で祖父江を尾《つ》ける。

祖父江は風林会館の建つ四つ角を左に曲がり、区役所通りを七、八十メートル進んだ。そして、白い飲食店ビルの中に入っていった。

唐木田はレクサスを路肩《ろかた》に駐《と》め、祖父江を追った。祖父江は道路から見える螺旋《らせん》階段を使って、二階の『秀麗』に入っていった。

唐木田は懐から携帯電話を取り出し、浅沼に呼び出しをかけた。浅沼は三十分前後で歌舞伎町に駆けつけると言って、通話を打ち切った。

唐木田は車に戻った。白い飲食店ビルの手前までレクサスを走らせ、また張り込みに入る。

浅沼のポルシェがレクサスのすぐ目の前に滑り込んだのは、十一時数分過ぎだった。ダンディーな美容整形外科医はキャメルのスーツを粋に着こなしていた。ネクタイは、ダークグリーン系の柄物だった。

浅沼はレクサスには目もくれなかった。螺旋階段を軽快に駆け上がり、ほどなく『秀麗』に吸い込まれた。

唐木田は煙草を吹かしながら、時間を遣《や》り過ごした。

浅沼が飲食店ビルの螺旋階段を下《くだ》ってきたのは、十一時四十五分ごろだった。唐木田は、さりげなく車を降りた。ガードレールに腰かけると、浅沼が唐木田の背後に立った。

「ホステスが十五人もいたんで、情報集めは楽でしたよ。『秀麗』のオーナーは、許《シエ》光《クアン》彬《ピン》という名です。えーと、四十四歳だったかな」

「新宿にいる不良上海人グループのボスなんだな？」

「ええ、そういう話でした。残念ながら、許《シエ》の面《つら》は見られませんでした。今夜は店には顔を出さないようです。ママの美莉《メイリー》は許《シエ》の情婦《おんな》と思われます。三十一、二の巨乳女です」

「美莉《メイリー》というママは、許《シエ》と一緒に暮らしてるのか？」

「いいえ、別々です。美莉《メイリー》は厚生年金会館の裏手にあるマンションに住んでるらしいんですが、許《シエ》は新宿界隈のホテルを泊まり歩いてるようです」

「そうか。祖父江の様子はどうだった？」

唐木田は訊いた。

「奥の席で香桃《シャンタオ》ってホステスとべったりくっついて、やに下がってました」

「香桃《シャンタオ》って女の特徴を教えてくれ」

「色白で、女優のような美人です。おそらく祖父江は香桃《シャンタオ》と一緒に店を出ると思います」

「それじゃ、ドクはママの美莉《メイリー》を追ってくれ。おれは祖父江たち二人を尾行する」

「了解！」

浅沼が、すぐさま唐木田から離れた。唐木田は少し間《ま》を取ってから、自分の車に戻った。

2

上海クラブからカップルが姿を見せた。

祖父江と色白の美しい女だった。女は香桃《シャンタオ》だろう。

唐木田は喫《す》いさしの煙草の火を揉み消した。

祖父江たち二人は飲食店ビルを出ると、区役所通りを職安通り方向に歩きだした。どこかで夜食でも摂《と》る気なのか。それとも、ホテルに直行するのか。

唐木田はレクサスを降り、祖父江たちを尾行しはじめた。人の流れが途切れない。尾行には好都合だった。

区役所通りと花道《はなみち》通りの交差する四つ角には、得体の知れない外国人の男たちがたむろしていた。中国人と思われる者たちの姿が目立つが、ペルシャ系やヒスパニック系の顔も見える。
十六、七年前までは、同じ場所に日本のやくざが群れていた。しかし、いまは組関《くみ》係者の姿はめったに見かけない。暴対法の締めつけもあるのだろうが、それだけ外国人マフィアの勢力が強まったのではないか。
祖父江たちは職安通りに出ると、右に曲がった。七、八十メートル歩き、上海料理の店に入った。間口《まぐち》は狭く、建物も古めかしい。

どうやら二人は腹ごしらえをしてから、どこかで肌を貪《むさぼ》り合うつもりなのだろう。

すぐには店から出てこないにちがいない。

唐木田は来た道を引き返しはじめた。車を上海料理の店のそばまで移動させる気になったのだ。

鬼王神社の手前で、イラン人らしい男に声をかけられた。

「あなた、女欲《ほ》しくないか。わたし、コロンビア人のいい女知ってるよ」

「急いでるんだ」

「その女、セックスうまいね。あなた、得するよ。四十分で二万円ね。ホテル代、あなたが出す」

「急いでると言ったろうが。しつこいぞ」

唐木田は相手を押しのけ、足を踏み出した。

すると、ペルシャ系の男が唐木田の片腕を摑んだ。

「おまえ、態度よくない。わたしに謝れ！」

「ポン引きに謝る必要はない」

唐木田は相手の手を振り払った。と、男がいきり立った。母国語で何か罵《ののし》り、チノクロス・パンツのポケットから手裏剣《しゅりけん》に似た細身のナイフを取り出した。

「つまらない真似はやめろ」

唐木田は諌《いさ》めた。

だが、無駄だった。男は少し腰を落とし、ナイフを構えた。唐木田はゆっくりと後退し、先にアイスピックを投げつけた。

アイスピックは相手の右腕に突き刺さった。二《に》の腕のほぼ真ん中だった。男の手から細身のナイフが落ちた。

唐木田は前に跳《と》び、男の股間を蹴り上げた。

男が呻いて、しゃがみ込んだ。唐木田はアイスピックを引き抜き、男の肩に鮮血をなすりつけた。

男が指笛を鳴らした。

仲間を呼んだのか。無駄な時間は使えない。

唐木田は、男から離れた。十メートルも歩かないうちに、前方から口髭《くちひげ》を生やした彫りの深い外国人が血相を変えて駆けてきた。イラン人だろう。

屈《かが》み込んでいる男が母国語で仲間に何か訴えた。口髭の男が腰に手を回し、リボルバーを引き抜いた。ブラジル製のロッシーだった。

唐木田はペルシャ系の男たちに前後を挟まれてしまった。柳沢から奪ったコルト・ガバメントは、レクサスのグローブボックスの中だ。

「おまえ、おれの友達をばかにした。それ、よくない。イラン人の男、誇りが高いね」

口髭の男が癖のある日本語で言って、リボルバーの撃鉄《ハンマー》を起こした。輪胴《シリンダー》が小さな回転音を刻む。

「だから、どうしろって言うんだ?」

唐木田は言いながら、雑居ビルの外壁を背負った。これで、背後から襲われる心配はなくなった。

細身のナイフの持ち主が身を起こし、刃物を拾い上げた。

「この場所、まずい。おまえ、そこにある神社の中に入れ」

口髭の男が唐木田に低く命じた。

「おまえらと遊んでる暇はないんだ。二人とも目障《めざわ》りだから、おれの前から消えろ」

「この拳銃《ハンドガン》、本物だぞ。おまえ、撃たれてもいいのか?」

「撃ちたきゃ、撃て! 銃声で、たちまち野次馬が集まるぜ。パトカーも四、五分でやってくるだろうな」

「日本人は豚野郎ばかりだ。いつでもシュートできるね」

「なら、シュートしてみろ」

唐木田は挑発し、アイスピックを握り直した。

ナイフを持った男がペルシャ語で仲間に何か言った。口髭の男が舌打ちし、リボルバーの撃鉄を押し戻した。ロッシーは、すぐにベルトの下に戻された。

次の瞬間、口髭の男が右のロングフックを放ってきた。唐木田は上体を反《そ》らせ、パンチを躱《かわ》した。と、ナイフを持った男が体ごとぶつかってきた。

唐木田は横に逃げ、アイスピックを突き出した。刃物を握った男が片手で脇腹を押さえ、そのまま頽《くずお》れる。

唐木田はアイスピックを引き抜くなり、口髭の男に投げつけた。アイスピックは相手の右胸に突き刺さった。

口髭の男が呻いて、片膝をついた。

唐木田は走りだした。人波を縫《ぬ》いながら、レクサスまで駆ける。唐木田は車に乗り込み、すぐに発進させた。

靖国通りに出て、新宿五丁目交差点を左折する。明治通りを短く走り、職安通りに入った。唐木田は、上海料理の店の手前でレクサスを路肩に寄せた。

祖父江たち二人が店から出てきたのは、午前一時ごろだった。

二人は職安通りを渡り、ラブホテル街に足を踏み入れた。唐木田は急いで車を降り、祖父江たちを追った。

てっきり二人はホテルに入ると思っていたが、その予想は外れた。祖父江たち二人は、許《シェ》のオフィス兼賭場に入っていった。

唐木田は居住者を装って、三〇三号の前を何度も往復した。小《こ》一時間が流れたころ、三〇三号室から見覚えのある和服姿の五十男が出てきた。

悄然《しょうぜん》としている。中国賭博で大きく負けてしまったのだろう。唐木田は先にエレベーターで一階に降りた。

エントランスロビーで少し待つと、和服の男が函《ケージ》から現われた。

唐木田は男の行く手に立ち塞《ふさ》がった。男が、ぎょっとした顔になった。

「警察の者です」

唐木田は模造警察手帳をちらりと見せた。相手の顔に、緊張の色がさした。

「三〇三号室では、だいぶ負けたようですね？」

「えっ、なんのお話をされてるんです？」

「白々しいな。われわれは許光彬《シエクアンピン》の事務所で中国賭博が行われてる事実をすでに摑んでるんだ」

「わたしは見物させてもらっただけです。お金はまったく賭けてません。刑事さん、嘘じゃないんです」

「あなたが青いチャイナドレスの女に案内されて三〇三号室に入ったのは、確か午後九時過ぎだったな。それから、ずっと見物してたって？」

「部屋に入るとこを見られてたんですか。まいったなあ」

「名前は？」

「青木《あおき》、青木勝利《かつとし》です。刑事さん、わたしは今夜が初めてなんです。別に常連じゃないんですから、大目に見ていただけませんかね？」

「仕事は？」

「自営業です」

「もう少し具体的に……」

「三味線職人です。店を兼ねた自宅は東中野にあります。年齢は五十二です。もちろん、前科歴はありません」

「許《シエ》が経営してる『秀麗』には、よく飲みに行ってるんでしょ？」

「二、三度行っただけですよ。三階の部屋で少し遊ばないと、許《シエ》さんに信用してもらえないと思ったんで、気は進まなかったんですが、〝大小《ダアシャオ》〟という中国のサイコロ賭博を少しばかり……」

「どのくらい負けたんです？」

「二十六、七万でしょうか。どうもサイコロに仕掛けがされてるみたいで、最初の数回は勝ったんですが、あとは負けつづけでした」

「許《シエ》に信用されたかったという意味のことを言ってたが、それはどういうことなのかな？」

「警察は、もうご存じなんでしょ？　許《シエ》さんが臓器ブローカーだってことを？」

「そのことなら、もちろん知ってる」

唐木田は内心の驚きを隠し、努めて平静に話を合わせた。

「わたしの息子が長いこと人工透析をやってるんですよ。間接的な知り合いから許《シエ》さんが臓器移植を望んでる日本人たちを観光目的で北京や上海に連れて行って、現地の病院で手術するまでの面倒を見てくれるって話を聞いたんで、わたし、とりあえず『秀麗』に行ってみたんです」

「なるほどね。それで？」

「店のホステスさんにそのことを確かめたら、嘘じゃなかったわけです。でも、移植には中国人死刑囚の臓器を使ってるとかで、許《シエ》さんは口の堅い日本人レシピエントしか中国に連れて行かないという話だったんで、わたし、信用を得ようと考え……」

「三〇三号室に案内してもらったわけか」

「ええ、そうなんですよ。日本の法律に触《ふ》れることは知ってたんですが、どうしても倅《せがれ》を中国に連れて行って、腎臓の移植手術を受けさせたかったんです。フィリピンやインドは、移植手術の成功例が低いという話を聞いたもんで、ぜひ中国でと思ったわけです」

青木と名乗った男が切々と訴えた。

「で、許《シェ》とは会ったかな？」

「一度、『秀麗』で見かけたことはあるんですが、まだ息子の移植手術のお願いはしてないんです」

「そう。ホステスさんから移植手術の費用については？」

「ええ、聞いてます。約二千万円が必要だと言われました。安くない手術代ですが、それで倅が健康体になれるなら、お金はちっとも惜《お》しくありません」

「親心としては、そう考えるだろうな」

「刑事さん、わたしに手錠を打つのは息子の移植手術が終わってからにしていただけないでしょうか」

「賭博は、それほど重い罪じゃない。捜査に協力してくれれば、あなたのことは見逃してやってもいい」

「ほんとですか⁉　わたし、警察に全面的に協力しますよ」

「それじゃ、いくつか質問させてもらうか。三〇三号室には、許《シェ》の手下は何人いるんです？」

「えーと、全部で五人です。方《ファン》と呼ばれてる三十六、七の男が賭場の責任者みたいですね。そいつは、ベルトの下にこれ見よがしにトカレフとマカロフを差し込んでました」

「客の数は？」

「約二十人ですね。そのうちの四人は、日本人でした」

「それは、あなたを含んで四人なのかな？」

「ええ、そうです。ほかの三人も『秀麗』の客みたいでしたよ。中小企業のオーナー社長は、今月に入って二百万以上も負けてしまったと苦笑してました。それから、歯医者らしい四十年配の客もかなり負けが込んでるようでしたね」

「そう」

「三〇三号室に踏み込むときは、防弾チョッキを着たほうがいいと思います。方《ファン》という眼光の鋭い男は、上海で七人も人を殺したんだと自慢げに言ってましたんで」

「もう引き取ってもらっても結構だ」

唐木田は言った。

青木は安堵《あんど》した表情になり、急ぎ足で表に出ていった。

唐木田は少し経《た》ってから、マンションを出た。暗がりに身を潜《ひそ》め、煙草をくわえた。

青木の話が事実だとすれば、許《シェ》は臓器の中で心臓が最も価値があることを知っていたはずだ。祖父江に借金を棒引きにするという条件でフローズン・ハートを詐取《さしゅ》させた可能性は充分にある。

祖父江を締め上げれば、一連の事件は間もなく解決するだろう。

唐木田はそう思いながら、祖父江を待ちつづけた。数十分が経《た》ったころ、浅沼から電話がかかってきた。

「いまママの美莉《メイリー》は、西武新宿駅に隣接してる新宿プリンセスホテルに入ったとこです。多分、このホテルに許光彬《シェクアンピン》が宿泊してるんだと思います」

「そうなんだろう。ドク、美莉《メイリー》がどの部屋に入るか見届けてくれ」

「わかりました。そちらは、祖父江と香桃《シャンタオ》を張り込み中なんですね？」

「そうだ」

唐木田は、祖父江たちが許《シェ》の事務所兼賭場にいることを手短に話した。

「祖父江がなかなかマンションから出てこないようだったら、美莉《メイリー》が入った部屋に押し込みましょうよ。ママが許《シェ》を訪ねるんだったら、二人はベッドで娯《たの》しみはじめるでしょうからね」

「そうしよう」

「美莉《メイリー》が入った部屋がわかったら、また連絡します」

浅沼が先に電話を切った。

唐木田は携帯電話をマナーモードに切り替え、上着の内ポケットに入れた。それから二分もしないうちに、またもや浅沼から電話がかかってきた。

「『秀麗』のママは、十八階の一八〇一号室に入りました。それで、いまフロントで部屋の主の名前を確認しました。やはり、許光彬《シエクアンピン》でしたよ」

「そうか。ドク、刑事になりすましたのか？」

「いいえ、調査会社の調査員に化けたんです。フロントマンに万札を握らせたら、あっさり宿泊客の名を教えてくれましたよ」

「やるじゃないか」

「いやあ、そんな……」

「許《シエ》は、いつチェックインしたって？」

「一週間分の保証金を預けて、一昨日《おととい》から泊まってるそうです。それで最初の晩は、美莉《メイリー》と一緒だったという話でした。一日置いてママを部屋に呼んだってことは、なかなかの好き者ですね」

「ドクが他人《ひと》のことを言えるのか。そっちは、ほとんど毎晩、ベッド体操に励んでるんだろうが？」

「おれは許《シエ》よりも若いですからね。それはともかく、おれは一階のロビーで待機してます」

「わかった。あと三十分待っても祖父江が三〇三号室から出てこなかったら、許《シエ》の部屋に押し入ろう」

　唐木田は携帯電話を懐に戻し、またラークマイルドに火を点けた。

祖父江が香桃《シャンタオ》とマンションから出てきたのは、煙草の火を踏み消した直後だった。

唐木田は何も言わずに、祖父江に体当たりをくれた。祖父江が引っくり返る。香《シャン》桃《タオ》が短い悲鳴をあげた。

「怪我をしたくなかったら、きみはどこかに消えてくれ」

唐木田はアイスピックを掌《てのひら》の上で弾ませながら、香桃《シャンタオ》に言った。

香桃《シャンタオ》が怯《おび》えた表情で後ずさりしはじめた。それから彼女は急に身を翻《ひるがえ》し、一目散《いちもくさん》に逃げていった。

唐木田は変装用の黒縁眼鏡を外し、祖父江を摑み起こした。

「き、きみはわたしの画廊にいた男じゃないか⁉」

「記憶力は悪くないらしいな」

「なんだって、いきなり体当たりなんかしたんだっ。わたしは、きみに恨まれる覚えはないぞ」

祖父江が腹立たしげに言った。

「あんたに逃げられたくなかったからさ」

「なぜ、わたしがきみから逃げなきゃならんのかね？」

「すぐにわかるさ」

唐木田は祖父江の胸倉を摑み、暗がりに引きずり込んだ。片手を祖父江の肩口に移すなり、アイスピックの先端を喉元に突きつける。

祖父江が喉を軋《きし》ませた。

「おれの質問に真っ正直に答えないと、こいつで刺すぞ」

「わ、わかった。知ってることは、なんでも話すよ」

「いい心がけだ。あんたは、矢島滋に向こう十年間家賃を免除するという内容の念書を認《したた》めたな？」

「ああ、書いたよ。矢島にちょっとした弱みを握られちゃったんでね」

「どんな弱みなんだ？」

「わたしが暴力団がやってる秘密カジノに足繁く通ってることを知られちゃったんだよ。上海出身の男が仕切ってる中国賭場に出入りしてることも……」

「その中国博打は、このマンションの三〇三号室で行われてる。そこは、許光彬《シェクアンピン》の事務所でもある。そうだな？」

「な、何者なんだ⁉」

「おれの身許調べをするより、もっと自分の命を大事にしろ」

唐木田は祖父江の腕の上部にアイスピックを浅く沈めた。祖父江が歯を剝《む》いて長く唸った。

「正直になれと忠告したはずだぜ。家賃を十年間払わなくてもいいと書いたのは、矢島に汚れ役を引き受けてもらったことに対する謝礼なんだろ？」

「謝礼？　どういうことなのかね？」

「まだ粘る気か。それじゃ、言ってやろう。あんたは許《シエ》の賭場で大きな借りをこさえてしまった。上海マフィアのボスはある時期まで金を取立てようと、手下をあんたの自宅や南青山の画廊まで行かせた」

「どうして、きみがそこまで知ってるんだ⁉」

「黙って話を聞け！　許《シエ》は取立てをやめ、あんたにうまい話を持ちかけた。それは、摘出直後のフローズン・ハートをどこかで調達してくれれば、博打の負けた分はそっくりチャラにしてやるという内容だった」

「………」

「あんたは、その話に乗る気になった。しかし、自分の手を汚すことには抵抗があった。それで、何かと目をかけていた矢島を実行犯に仕立てることを思いついた。矢島も単独で犯行《ヤマ》を踏む度胸はなかった。で、矢島はホスト時代の同僚の高垣満を仲間に引きずり込んだ。そして、矢島たち二人は渋谷の総合病院からフローズン・ハートを騙し取り、それをレシピエントの女子大生の父親に二億円で買い取らせた。どこか間違ってるとこがあるか？」

「いや、きみの言った通りだよ。許《シエ》がギャンブルの借金を棒引きにしてくれるって話

は魅力的だったし、さっきまで一緒だった『秀麗』の香桃《シャンタオ》をずっと愛人にしてても
いいと言ってくれたんだ。わたしが移植用心臓を手に入れなかったら、許《シエ》は彼女を自
分の情婦《おんな》にしたあと、青竜刀で首を刎《は》ねると脅しをかけてきたんだよ。だから、わた
しは許《シエ》の言いなりになるほかなかったんだ」
「やっぱり、そうだったか。二億円は許《シエ》の手許にあるんだな？」
唐木田は訊いた。
「あるはずだよ。わたしは一円も貰ってない。それどころか、矢島に三百万の成功報
酬もせびられてしまった」
「矢島は、その金の一部を片棒を担いでくれた高垣に渡したわけか」
「ああ、多分ね」
「矢島は誰に檜町公園で射殺されたんだ？　あんたが殺し屋《プロ》を雇って、奴を始末させ
たんじゃないのかっ」
「何を言うんだ⁉　わたしは矢島殺しには、まったく関与してない。彼が殺されたと
報道で知って、とてもショックを受けたくらいなんだ」
「嘘じゃないな？」
「もちろんさ。ひょっとしたら、許《シエ》がわたしをずっと手下に監視させてたのかもしれ
ない。そして、許《シエ》はわたしが矢島を実行犯にしたことを知ったんじゃないだろうか」

祖父江が言った。

「許《シェ》が配下の者に矢島を葬《ほうむ》らせたんだとしたら、そのうち、あんたも殺《や》られるだろうな」

「えっ？　どうして、わたしが……」

「許《シェ》が事件の首謀者なら、あんたは最も都合の悪い人間じゃないか」

「そうか、そうだね」

「許《シェ》におれのことを告げ口したら、その場であんたは奴に殺されるだろう」

「きみのことは、許《シェ》には一言も言わない。一日でも長く生きていたいからな」

「せいぜい長生きしてくれ」

唐木田はアイスピックを引き抜き、血の雫《しずく》を祖父江の上着の裾《すそ》で拭った。

祖父江が水を吸った泥人形のように足許から崩れ落ちた。唐木田は口の端を歪《ゆが》め、祖父江に背を向けた。

3

レクサスのエンジンを切る。

新宿プリンセスホテルの地下駐車場だ。唐木田はグローブボックスからコルト・ガバメントを摑み出し、ベルトの下に差し込んだ。布手袋とピッキング道具は上着のポケットに突っ込む。

唐木田は車を降りると、階段で一階ロビーに上がった。

浅沼はロビーのソファに腰かけ、新聞を拡《ひろ》げていた。唐木田は浅沼に歩み寄った。気配で浅沼が顔を上げた。

「祖父江は例のマンションから出てこなかったんですね？」

「いや、奴を痛めつけて、口を割らせた」

唐木田は浅沼と向かい合う位置に坐り、祖父江が白状した内容を喋った。

「やっぱり、許《シエ》が黒幕だったんですか」

「祖父江が苦し紛《まぎ》れに嘘をついたとは感じられなかったよ。それに、あの男が首謀者とは思えない。ただの遊び好きの五十男にしか見えなかったからな」

「祖父江は許《シエ》に操られてたんでしょう」

「ドク、美莉《メイリー》は許《シエ》の部屋にいるんだな？」

「ええ、いるはずです」

「それじゃ、これから一八〇一号室に押し入ろう」

「了解！」

浅沼が夕刊を折り畳み、先に立ち上がった。唐木田もソファから腰を浮かせた。

二人はフロントの脇を通り抜け、エレベーター乗り場に急いだ。ホールには、宿泊客の姿はなかった。

唐木田たちは十八階に上がった。

エレベーターホールに防犯カメラが設置されていたが、ホテルマンはどこにもいなかった。

唐木田はカーペット敷きの長い廊下を歩きながら、両手に布手袋を嵌《は》めた。浅沼が大きく息を吸って、ゆっくりと吐く。許《シェ》は上海マフィアのボスだ。それで、少しばかり緊張しているのだろう。

一八〇一号室に着いた。

唐木田はピッキング道具を上着のポケットから抓《つま》み出し、鍵穴に挿《さ》し込んだ。手首を幾度か捻《ひね》ると、呆気《あっけ》なく内錠は外れた。

唐木田はピッキング道具を引き抜き、コルト・ガバメントを握った。

浅沼がノブに手をかけ、ドアをそっと静かに押し開けた。部屋の中は明るかった。

二間続きの部屋《スイートルーム》だった。控えの小部屋には、外国製と思われるリビングセットが置かれている。

奥の寝室から男の呻き声が洩れてきた。許《シェ》の声だろう。

唐木田はコルト・ガバメントのスライドを滑らせ、部屋の奥に向かった。すぐに浅沼が従《つ》いてきた。

　ダブルベッドの下で、全裸の男が俯《うつぶ》せになっていた。その両手は腰の後ろで黒い革《かわ》紐《ひも》で縛られている。許《シエ》だろう。

　真紅のハイヒールの踵《かかと》で男の背中を踏みつけている女も一糸もまとっていない。肉感的な肢体だった。股間の翳《かげ》りが濃い。

「ママの美莉《メイリー》です」

　浅沼が小声で言った。唐木田はうなずき、咳払《せきばら》いをした。

　美莉《メイリー》が振り向いて、目を剝《む》いた。きつい顔立ちだが、目鼻立ちは整っている。浅沼が美莉《メイリー》に駆け寄り、むっちりした太腿にメスを寄り添わせた。

　ベッドの下の男が体を横向きにし、中国語で何か叫んだ。黒々とした男根《だんこん》は、半立ちの状態だった。

「許光彬《シエクアンピン》だな？」

　唐木田は男にコルト・ガバメントの銃口を向けた。すると、角張《かくば》った顔の男がたどたどしい日本語を操った。

「おまえ、誰？　どうして、わたしの名前知ってる？」

「あんたの悪名は聞こえてるんだよ」

「何言ってる？　その日本語、わからない」

「あんたは上海マフィアのボスだから、広く名前が知れ渡ってるってことさ」

「わたし、マフィアじゃないよ。新宿にいる上海生まれの中国人の親睦団体の世話人ね。悪いこと、何もしてないよ」

「よく言うぜ。それにしても、あんたがマゾだったとはな」

唐木田は嘲笑した。

「わたし、変態じゃない。これは、ただの遊びよ」

「そうは見えなかったぜ。あんたは『秀麗』のママにハイヒールで踏まれて、よがり声をあげてたじゃないか」

「よがり声？　その日本語、難しいね。わたしの持ってる日本語ハンドブックに、その言葉載《の》ってない」

許《シェ》が言った。いつの間にか、分身は萎《な》えていた。

「こんな恰好《かっこう》じゃ、わたし、恥ずかしいよ」

美莉《メイリー》が唐木田に日本語で訴えた。

「もうしばらく裸のままでいてくれ。それはそうと、きみはサディストなのか？」

「それ、違う。わたし、ノーマルね。でも、オーナーはちょっとマゾっ気ある。だから、頼まれてＳＭプレイをしてるだけ」

「余計なこと言わない。それ、いいことね」

許《シエ》が美莉《メイリー》を窘《たしな》めた。すぐに美莉《メイリー》が中国語で何か言い返した。許《シエ》がきまり悪げに笑い、視線を外した。

「さて、本題に入ろう。祖父江護が何もかも吐いたぜ」

唐木田は屈《かが》み込み、許《シエ》の胸板に銃口を押し当てた。

「わたし、祖父江さんのこと知ってる。でも、おまえの言ってること、どうしても理解できないね」

「往生際が悪いな」

「わたし、その意味もわからない」

「しらばっくれてると、あんたの彼女の股が血塗れになるぜ」

「おまえ、何言ってるか？　わたし、わからないよ」

許《シエ》が首を傾げた。

唐木田は首を巡《めぐ》らせ、浅沼に目で合図した。

浅沼が美莉《メイリー》の股ぐらにメスを潜《くぐ》らせた。刃は上向きだった。美莉《メイリー》が顔面を強張《こわば》らせ、爪先《つまさき》立ちになる。

すかさず浅沼がメスを秘めやかな肉に密着させた。美莉《メイリー》が震えを帯びた声で、浅沼に言った。

「メス、もっと下げて。それしないと、わたしの大事なとこ、切れちゃうよ」

「中国語で女性自身のことは、屄《ピー》っていうんだっけな？」

「そんな恥ずかしい質問に、わたし、答えられない。それより、早くメスを下げて。このまま背伸びしてたら、脚《あし》の筋肉おかしくなるね」

「わかった」

浅沼がメスの位置を低くした。美莉《メイリー》がほっとし、ハイヒールの踵《かかと》を床につけた。

「祖父江は『秀麗』の美人ホステスの香桃《シャンタオ》に入れ揚げて、あんたが仕切ってる賭場に入り浸ってた」

唐木田は許《シエ》を見据えた。

「わたし、上海クラブを経営して、ほかに貿易の仕事してるだけね」

「大久保小学校の近くのマンションの三〇三号室があんたのオフィスで、中国博打の賭場になってる。郵便受けには、もっともらしく長江公司《チャンジャンコンス》なんて会社名が掲げてあったがな」

「…………」

許《シエ》は口を結んだままだった。

「そっちがその気なら、ママの片方の花びらをメスで削《そ》ぎ落とすぜ」

浅沼がもどかしがって、許《シエ》を脅した。

「花びら？　ああ、わかった。それ、よくない。美莉《メイリー》はイスラム教徒の女じゃない。

花びらを切り落としたり、縫《ぬ》い合わせる必要ないね。その部分がなくなったら、男はつまらないよ」

「ママの体を傷つけられたくなかったら、もっと素直になるんだな。美莉《メイリー》は大切な女性なんだろ?」

「そうね。いま、いちばん気に入ってる女よ。それに、美莉《メイリー》は商売も上手ね」

「だったら、ママを安心させてやれよ」

「わかった。わたし、本当のこと喋るよ。祖父江さん、わたしの賭場でよく遊んでるね。わたし、あの男にいっぱいお金貸してる。祖父江さん、〝大小《ダアシャオ》〟で負けてばかりよ。もう一千万円近く貸した。でも、なかなかお金返してくれないね」

「そこで、あんたは貸した金を棒引きにしてやるという条件で祖父江に渋谷の総合病院から移植用の心臓を騙し取ってくれって頼んだ」

唐木田は口を挟んだ。

「わたし、そんなことさせてないよ」

「まだ粘る気か。先にあんたのペニスをメスでちょん斬《ぎ》らせてもいいんだぜ」

「それ、困るよ。ペニスがなくなったら、わたし、男じゃなくなる。それ、悲しいことね」

「あんたは、人間の臓器が高く売れることを知ってる。大勢の日本人レシピエントを観光旅行という名目で北京や上海に連れて行き、現地で臓器移植手術を受けさせてるなっ。ドナーは中国人死刑囚なんだろ?」

「………」

「しぶとい奴だな」

「ちょっと時間欲しいよ、わたし。中国人、自分が不利になるようなことは言わないね」

許《シエ》が駆け引きしはじめた。

「もたもたしてると、あんたの情婦《おんな》を姦《や》っちまうぞ」

浅沼がメスを美莉《メイリー》の脇腹に移し、たわわに実った乳房に手を伸ばした。美莉《メイリー》が身を捩《よじ》って、母国語で何か抗議した。

浅沼は美莉《メイリー》の白い肩に唇を這《は》わせながら、大胆に乳房を愛撫しはじめた。とたんに、美莉《メイリー》の息遣いが荒くなった。

「わたしの情婦《おんな》犯したら、おまえ、殺すね。よしなさい、変なことは」

許《シエ》が浅沼を詰《なじ》った。

浅沼は少しも意に介さなかった。二つの乳房を揉むと、今度は秘めやかな部分を指で弄びはじめた。

美莉《メイリー》が喘《あえ》ぎだした。許《シエ》が狼狽し、美莉《メイリー》を叱りつけた。美莉《メイリー》は許《シエ》の声が聞こえなかったのか、舌の先で上唇に湿りをくれた。

浅沼の指が流麗に閃《ひらめ》きはじめた。

「あうっ、好《ハオ》！」

美莉《メイリー》が甘やかな声をあげ、徐々に腰の位置を下げていく。じきにO脚気味になった。

「ハオって、いいって意味だな？」

「そう。あなた、テクニシャンね。あふっ、いいわ。好《ハオ》、真好《チエンハオ》！」

「チェンハオ？」

「すっごく気持ちがいいってことね。ああっ、真好《チエンハオ》、真好《チエンハオ》！」

「その声、セクシーだな。おれも、そそられたよ」

浅沼が愛撫を中断させ、スラックスのファスナーを引き下げた。すぐに猛《たけ》ったペニスが引き出された。

「おまえ、よくない。殺すね。わたし、怒ったよ」

許《シエ》が浅沼に怒声を浴びせた。

「ママは、すっかり感じてる。このままじゃ、残酷だろうが」

「美莉《メイリー》を来了《ライラ》させたら、わたし、おまえの生首刎《は》ねるね。それ、威《おど》しじゃないね」

「来了《ライラ》っていうのは、エクスタシーのことだな？」

「そう、そうよ」

「英米人と同じように中国人もカムっていうわけか。顔つきが日本人と似てるのに、いくじゃなくて、来るなんだ。面白いな」

浅沼は言いながら、立位で美莉《メイリー》と体を繋《つな》いだ。突き刺すような挿入だった。

美莉《メイリー》が前のめりに倒れそうになった。すかさず浅沼が抱き戻し、小さく突きはじめた。すぐに美莉《メイリー》が腰をくねらせ、ヒップを後ろに突き出すような動きを見せた。

「おれの仲間は、どんな女も昇りつめさせられるテクニックを身につけてるんだ。ママが来了《ライラ》する前に、正直に話したほうがいいんじゃないのか」

唐木田は許《シエ》に言った。

「おまえの仲間、美莉《メイリー》から離れさせる。それが先ね」

「いや、逆だ。あんたが素直に謝ったら、セックスはやめさせてやろう」

「わかったよ。わたしの負けね。わたし、日本人を中国に連れて行って、たくさん臓器移植手術受けさせたよ。ブローカーの仕事、とても儲かる。けど、おまえの言ってたこと、正しくない」

「どこが？」

「わたし、祖父江さんに移植用心臓を総合病院から騙し取ってこいなんて、言ってない」

「祖父江がおれに嘘をついたって言うのか？」

「おまえの言ったことが作り話じゃないとしたら、そうね。わたし、祖父江さんに博打の負け金をだいぶ待ってやってる。それなのに、あの男、わたしをなぜ悪者にしたがる？　それ、わたし、わからないね」

許《シエ》が嘆《なげ》いた。

「あんたは、まだ正直になってないな」

「わたし、何も嘘ついてない。喋ったこと、全部ほんとのことよ」

「もう少し辛《つら》い思いをさせないと、観念する気になれないらしいな」

唐木田は許《シエ》に言って、浅沼に目配せした。

浅沼が美莉《メイリー》の腰を両腕で抱え込み、ダイナミックに抽送しはじめた。上体を前に屈《かが》めた美莉《メイリー》は烈《はげ》しく揺さぶられ、垂れた髪が絶え間なく振られつづけた。

許《シエ》が顔をしかめ、愛人に中国語で言った。だが、美莉《メイリー》は官能の炎に炙《あぶ》られ、返事もできない様子だ。

「ママ、真好《チエンハオ》かい？」

浅沼が腰をワイルドに躍《おど》らせながら、美莉《メイリー》に声をかけた。

「ああん、好《ハオ》、好《ハオ》。わたし、たまらないよ。真好《チエンハオ》！」

「中国の女は、クライマックスに達したとき、どう表現するんだい？」

「その質問、困るよ。わたし、恥ずかしくて言えない」

「教えてくれないんだったら、ストップだな」

「それ、もっと困るよ。動いて！」

「質問に答える気がないんだったら、抜いちゃうぞ」

「抜かないで。わたし、もうすぐ……」

「言わないんだったら、もうおしまいだ」

「いやよ、それ。動いて、動いてちょうだい！」

「早く言うんだ」

「来了《ライラ》のときは、我要来了《ウォーヤウライラ》って言うのよ。さ、動いて！　突いてちょうだい」

美莉《メイリー》がまろやかな尻を浅沼の下腹に力強くぶつけはじめた。

浅沼が律動を加えた。美莉《メイリー》が極みに達しそうになると、急に動きを止める。同じことが何度も繰り返されたが、許《シエ》は自分の言ったことを撤回する素振りも見せない。

祖父江は何か理由《わけ》があって、許《シエ》を陥《おとし》れようと画策したのだろうか。

唐木田の内面に、そういう思いが兆した。

そのすぐあと、美莉《メイリー》が我要来了《ウオーヤウライラ》と口走り、前のめりに倒れ込んだ。浅沼が短く呻いた。

放出された精液は、許《シエ》の顔面にまともに引っかかった。許《シエ》が奇声を発し、体の向きを変えた。そして、汚れた頬を床に擦《こす》りつけはじめた。

「発射させるつもりはなかったんですけどね」

浅沼がばつ悪そうな顔で言い、スラックスの前を整えた。

「ま、仕方ないさ」

「枕を銃口に当てて、許《シエ》の腕か脚に一発ぶち込んでやったら？　そうすりゃ、いやでも口を割るでしょ？」

「それはどうかな。いったん引き揚げて、作戦を変えてみよう」

唐木田は浅沼に耳打ちして、先に寝室を出た。

4

祖父江の自宅は豪邸だった。

唐木田はレクサスを出た。前夜、祖父江が白状したことが事実かどうか確認する気になったのだ。

時刻は正午近い。それなのに、なぜか祖父江邸の門灯が点いていた。

祖父江は、まだ寝《やす》んでいるのか。そうならば、侵入しやすい。

唐木田は祖父江の身内のような顔をして、堂々と門扉《もんぴ》の内錠を外した。

邸内に入り、ポーチまで大股で歩く。敷地は百坪以上ありそうだ。庭木が多い。家屋は古びていたが、かなり大きかった。

　唐木田はピッキング道具をテンセルのジャケットのポケットから抓《つよ》み出し、鍵穴に挿《さ》し込んだ。

　手首を小さく捻《ひね》ると、内錠の掛かる音がした。施錠されていなかったのだ。唐木田は手首を逆方向に回転させ、ピッキング道具を引き抜いた。

　ポーチに屈《かが》み込み、素早く布手袋を両手に嵌《は》める。唐木田は中腰で玄関のドアを開け、三和土《たたき》に滑り込んだ。

　女物のパンプスが引っくり返り、玄関マットがタイルの上にずり落ちかけていた。玄関ホールには靴痕が散っている。

　祖父江の自宅に何者かが押し入ったようだ。まだ家の中に誰かが潜んでいるかもしれない。唐木田は腰の後ろからコルト・ガバメントを引き抜き、スライドを引いた。残弾は五発だった。

　唐木田は土足のまま、玄関ホールに上がった。

　爪先に重心をかけながら、階下の三室とダイニングキッチンを検《しら》べてみた。誰もいなかった。トイレ、洗面所、浴室も無人だった。

　唐木田は静かに階段を上がった。二階には、四室あった。洗面所と手洗いもある。手前の三室には、人のいる気配はうかがえない。

唐木田は突き当たりの部屋のドア・ノブに血糊が付着しているのに気づいた。何か異変があったようだ。唐木田は指先でノブに触《ふ》れてみた。

血糊は凝固していた。布手袋は少しも汚れなかった。

唐木田は自動拳銃を構えながら、ドアを押し開けた。最初にダブルベッドが目に飛び込んできた。

ベッドのほぼ中央に、素っ裸の女が仰向けに横たわっていた。身じろぎもしない。

唐木田はダブルベッドに近づいた。

そのとたん、濃い血臭が鼻腔《びこう》を撲《う》った。ベッドの上にいる裸の女は、祖父江の愛人の香桃《シャンタオ》だった。『秀麗』の美人ホステスだった上海娘は、鋭利な刃物で喉を掻き切られていた。

破れた提灯《ちょうちん》を連想させる傷口には、乾いた血の塊《かたまり》がこびりついている。首筋も肩口も血で赤い。

胸の谷間に、折れ曲がった煙草が載っている。中国煙草の〝中南海〟だった。香《シャン》桃《タオ》の乳房の裾野には、煙草の火を押しつけられた火傷《やけど》の痕が幾つか見られた。

よく見ると、香桃《シャンタオ》の性器には切断された血みどろのペニスが突っ込まれていた。

祖父江の男根なのか。

十畳ほどの寝室には、シャワールームが付いていた。

唐木田はベッドから離れ、シャワールームの扉を開けた。洗い場のタイルの上に、全裸の祖父江がくの字に倒れていた。

全身には、夥《おびただ》しい数の切り傷があった。股間は血みどろだった。ペニスは切り落とされていた。

祖父江の死体のかたわらには、鮮血と脂《あぶら》に塗れた中華庖丁が転がっている。柄の部分も血糊で汚れていた。

犯行現場の状況から判断すると、許光彬《シエクアンピン》が手下に祖父江と香桃《シヤンタオ》を始末させたと思われる。

許《シエ》は祖父江がフローズン・ハートの件を唐木田に喋ったことに腹を立て、報復する気になったのか。香桃《シヤンタオ》はたまたま運悪く巻き添えになってしまったのだろうか。

ただ、腑《ふ》に落ちない点もある。仮に許《シエ》が配下の誰かに祖父江と香桃《シヤンタオ》を葬《ほうむ》らせたとしたら、中国煙草や中華庖丁といった遺留品をそのままにして逃げるだろうか。

上海マフィアの一員なら、いわば犯罪のプロだ。犯行現場に凶器を遺《のこ》すとは考えにくい。遺留品から足がつくことは当然、わかっているはずだ。犯人は日本の警察を侮《あなど》っているのだろうか。

惨殺された祖父江は自分の背後にいる首謀者を庇《かば》う気になって、とっさに許《シエ》が黒幕だと嘘をついたのか。ミスリードに引っかかったのだとすれば、許《シエ》と美莉《メイリー》に迷惑をかけてしまったことになる。

しかし、許《シエ》に対する疑惑も拭えない。許《シエ》は日本人レシピエントを何人も北京や上海に連れて行き、現地でさまざまな臓器移植手術を受けさせたことを認めた。臓器ブローカーなら、フローズン・ハートを高額で売れることは知っているにちがいない。

そう考えると、やはり許《シエ》が祖父江の口を封じさせたという推測も捨てきれない。香桃《シャンタオ》は、ついでに消されてしまったのだろう。

この家の中に、一連の事件を解く手がかりがあるかもしれない。唐木田は寝室からチェックしはじめた。全室を検《しら》べてみたが、徒労に終わった。

唐木田は祖父江邸を出て、レクサスに乗り込んだ。数百メートル走ってから、車を路肩に寄せる。

唐木田は岩上の携帯電話を鳴らし、昨夜からの出来事を話した。さらに祖父江殺害事件で自分の推測がぐらつきはじめていることも打ち明けた。

「親分が迷いはじめたのもわかるよ。祖父江が誰か黒幕を庇って許《シエ》に濡衣をおっ被《かぶ》せようとしてるようにも思えるし、犯行現場に中国煙草や中華庖丁が遺されてるのも作《さく》為《い》的に感じられる」

「そうなんだよね」

「ただ、手口だけを考えると、外国人の犯行《ヤマ》っぽいな。香桃《シャンタオ》とかいう上海娘の喉を掻き切ったり、局部に切断したペニスを突っ込むなんてことは、まず日本人はやらない。何年か前に新宿で北京グループと福建グループが縄張《ママ》りを巡ってぶつかったとき、双方が相手方の幹部を監禁して、耳や鼻を中華庖丁で削《そ》ぎ落としたんだ。亀頭を切り落とされた奴もいたはずだよ」

「その抗争事件のことは、うっすらと記憶に残ってる。ガンさんが言うように、犯行の手口から察すると、チャイニーズ・マフィアが怪しいな」

「親分、もう一度許《シエ》を締め上げてみろや。といっても、もう親分やドクは許《シエ》に顔を知られてるから、うまく接近できねえな。おれが東京入管の職員になりすまして、許《シエ》に近づくよ」

　岩上が言った。

「ガンさん、偽職員だってバレたら、後で面倒なことになるぜ。麻実を囮《おとり》に使おう」

「女社長に色仕掛けを使わせる気だな？」

「いや、許《シエ》は筋金入りの流氓《リユウマン》だろうから、その手にゃ引っかからないと思うね。麻実を闇の移植コーディネーターに化けさせて、日本人レシピエントを何人でも集めてやるという話を許《シエ》に……」

「親分、ちょっと待ってくれ。女社長は、許《シエ》が日本人の臓器移植希望者を何人も北京や上海の病院に送り込んだという事実をどうやって知ったことにするんだい？」

「麻実の知り合いが旅行社で中国担当の添乗員をやってるってことにしたら、どうかな？」

「女社長は、その添乗員から中国での移植手術の話を聞いたってことにするわけか？」

「ああ。中国で外国人の臓器移植手術が行われてることは、すでに日本のマスコミで報じられてる。移植手術そのものは別に違法行為じゃない。麻実が日本人レシピエントを大勢集めると話を持ちかければ、多分、許《シエ》は関心を示すだろう」

「女社長を敵の牙城に潜《もぐ》り込ませるのは少し不安だが、その手なら、許《シエ》はそれほど警戒心を強めないかもしれねえな。ただし、常に女社長と連絡を取れるようにしておかねえと、危険は危険だぜ」

「そうだね。麻実にダイバーズ・ウォッチ型の特殊無線機を装着させて、おれは常に交信可能エリアにいるようにするよ」

「そうすべきだな。おれとドクはいつでも出動できるようにスタンバイしてらあ」

「ああ、頼むね。それはそうと、千晶ちゃんの生理は？」

「依然として……」

「そうか」

「別れた女房は明日あたり埼玉の更生施設に行って、娘が妊娠してたら、中絶手術を受けるべきだと諭《さと》すつもりだと言ってるんだが、おれはもう少し待てとストップをかけたんだ」

「そのほうがいいと思うな。ショッキングなことが重なったんで、千晶ちゃんの心は不安定だろうからね」

　唐木田は通話を打ち切った。すぐに今度は麻実に連絡を取った。

　さきほどと同じように、唐木田は前夜からの出来事を麻実に話した。それから彼は、囮《おとり》作戦の内容を喋った。

「俊さん、いま、どこにいるの？」

「北新宿三丁目の祖父江の自宅の近くだ」

「どこかで落ち合って、打ち合わせをしましょうよ。ダイバーズ・ウォッチ型の無線機、レクサスのトランクの中に入ってるの？」

「いや、積んでない。四谷のマンションに置いてあるんだ」

「それじゃ、午後一時前後に俊さんの部屋に行くわ」

「わかった」

「俊さん、お昼ご飯は？」

「まだ喰《く》ってないんだ。そっちは？」

「わたしも、まだなの。それじゃ、寿司折りでも買っていくから、一緒に食べましょうよ」

麻実が先に電話を切った。

唐木田は携帯電話を懐に戻し、車を自宅マンションに向けた。二十数分で、わが家に着いた。

唐木田は部屋に入ると、すぐに特殊無線機の点検に取りかかった。竜頭《りゅうず》がトークボタンになっていた。文字盤の下に組み込まれた送受信装置は一センチ四方で、厚さは三・五ミリだった。

特殊無線機は正常に働いた。唐木田はベルトの下からコルト・ガバメントを引き抜き、居間のコーヒーテーブルの上に置いた。麻実に護身用に拳銃を持たせるつもりだ。

唐木田はリビングソファから立ち上がり、ダイニングキッチンに歩《ほ》を運んだ。茶の用意をしてから、ゆったりと紫煙をくゆらせた。

麻実が訪れたのは、午後一時を数分過ぎたころだった。デパートの地下食料品売り場で買ったという寿司折りを携えていた。二人はダイニングテーブルにつき、握り寿司を頬張りはじめた。

「許光彬《シエクアンピン》は今夜も新宿プリンセスホテルに泊まるつもりなのかしら?」

「そいつは、わからないな。許《シエ》は警戒して、部屋を引き払うかもしれない。そして別のホテルに移るか、愛人の美莉《メイリー》のマンションに転がり込む可能性もある」

「美莉《メイリー》というママは、例によって、ドクに甘い拷問をかけられたんでしょ?」

「うん、まあ」

「広尾の女たらしは、どの程度までママの官能を煽《あお》ったの？」

　麻実が訊いた。

「エクスタシーまでだよ」

「それじゃ、許《シエ》はだいぶショックを受けたでしょうね」

「ああ、それはな。ひょっとしたら、許《シエ》は美莉《メイリー》をお払い箱にして、別の上海美人を『秀麗』のママに据《す》える気になってるかもしれない」

「でしょうね。となると、許《シエ》は美莉《メイリー》のマンションに転がり込むわけない。別のホテルか、大久保小学校の近くの事務所に移ってそうね」

「許《シエ》が手下に祖父江と香桃《シャンタオ》を殺《や》らせたんだとしたら、奴はしばらく東京を離れると も考えられる」

「ええ、そうね。とりあえず、あとで許《シエ》が新宿プリンセスホテルにまだ滞在してるか どうか確かめないとね」

「そうだな。もうチェックアウトしてたら、長江公司《チャンジャンコンマ》のオフィスに行ってみよう。三〇三号に許《シエ》がいなかったとしても、奴の手下が誰かいるはずだ。おまえさんは移植コーディネーターと称して、許《シエ》とビジネスをしたいと言ってくれ。そうすれば、手下の誰かが許《シエ》に連絡をとるだろう」

「その期待が外れたときは、許《シエ》のオフィスと上海クラブの両方に張り込んでれば、どちらかに姿を見せるでしょ？」

「そうだな。敵陣に乗り込む場合は、コルト・ガバメントを忍ばせてくれ。柳沢から奪った拳銃があそこにある」

唐木田は居間のコーヒーテーブルに目をやった。

「コルト・ガバメントは俊さんが持ってて。そのほうがいいわ。許《シエ》はわたしがおいしい商談を持ちかけても、すぐには警戒心を緩《ゆる》めないと思うの。きっと手下の者にわたしの身体検査をさせるにちがいないわ」

「そうなったら、拳銃を持ってたら、かえって危《ヤバ》いな」

「ええ。だから、コルト・ガバメントは俊さんに持っててほしいの」

「わかった。それじゃ、そうしよう」

「許《シエ》がビジネスの話に興味を示したら、表に誘い出せばいいのね？」

「そうだ。日本人レシピエントの名簿を見てほしいとか何とか言って、うまく外に連れ出してくれ。そのあとは、おれがうまくやる」

「ええ、わかったわ」

二人は会話を中断させ、食べることに専念した。老舗《しにせ》の江戸前寿司の味は、折り詰めでも少しも変わらなかった。穴子《あなご》の煮詰《につ》めは濃厚でありながら、舌にしつこさを残さなかった。

小鰭《こはだ》と自家製出汁《だし》巻き卵も絶品だった。青柳も新鮮そのものだ。平目《ひらめ》や鮪《まぐろ》の中トロも申し分ない。

唐木田は自分の分を平らげ、麻実が残した海老や鉄火焼きも胃袋に収めた。緑茶を啜《すす》り終えてから、新宿プリンセスホテルに電話をかけた。

唐木田は中国人を装って、電話を一八〇一号室につないでもらった。少し待つと、許《シェ》の声が響いてきた。

「もしもし……」

「電話交換手が部屋を間違えたようだな。どうも失礼！」

唐木田は作り話で謝り、携帯電話の終了キーを押した。

その直後、麻実が口を開いた。

「許《シェ》は、まだホテルにいるみたいね」

「ああ、本人が電話口に出たよ。すぐに新宿プリンセスホテルに行こう」

「俊《ウェイ》さん、五分だけ待って」

「トイレだな？」

「ううん、そうじゃないわ。歯磨きをして、ルージュを引きたいのよ」

麻実があたふたと椅子から立ち上がり、洗面所に向かった。唐木田は煙草に火を点けた。

一服し終えて間もなく、麻実が戻ってきた。

「ここには、会社の車で来たのか？」

「ええ、そうよ。別々にホテルに行ったほうがいい？」

「いや、おれの車で行こう」

唐木田は腕時計タイプの特殊無線機の一つを麻実に渡し、もう片方を上着のポケットに入れた。コルト・ガバメントはベルトの下に差し込んだ。

ほどなく二人は部屋を出て、エレベーターで地下駐車場に降りた。レクサスに乗り込み、新宿に向かう。

目的のシティホテルに着いたのは、午後二時過ぎだった。唐木田と麻実は車の中でそれぞれ自分の腕時計を外し、特殊無線機を手首に嵌めた。

「わたし、先に行くわ」

麻実が車を降り、エレベーター乗り場に足を向けた。

唐木田は少し経《た》ってから、車から出た。エレベーターで十八階に上がり、ホールの隅にたたずんだ。

ちょうどそのとき、ダイバーズ・ウォッチ型の特殊無線機がかすかな放電音をたてた。唐木田はトークボタンを押し、特殊無線機を顔に近づけた。文字盤の下のスピーカーから麻実の囁き声が洩れてきた。

「応答願います」

「よく聴こえる。どうした？」

「目標はどうやら外出してるようよ」

「それじゃ、いったん一階のティールームに入ってくれ。おれは先にロビーに降りてる。それで、三十分ごとに一八〇一号室のドア・チャイムを鳴らしてみてくれ」

唐木田は交信を打ち切り、エレベーターの下降ボタンを押し込んだ。

第四章　人体部品ビジネス

1

長くは待たされなかった。

数十分で、許《シエ》はホテルに戻ってきた。軽装だった。おおかたホテルの周辺を散策してきたのだろう。

唐木田はロビーのソファに坐っていた。

許《シエ》がエレベーターに乗り込んだのを見届けてから、左手首に嵌《は》めた特殊無線機のトークボタンを押す。すぐにティールームにいる麻実が小声で応答した。

「たったいま、目標がエレベーターに乗り込んだ。十八階の部屋に行くと思われる」

「了解！　それでは、ただちに目標の部屋に向かいます」

「頼む。入室したら、そっとトークボタンを押してくれ」

唐木田は交信を切り上げ、ラークマイルドに火を点けた。ふた口ほど喫《す》ったとき、ティールームから麻実が出てきた。彼女は急ぎ足でエレベーター乗り場に向かった。

唐木田は一服すると、ソファから立ち上がった。

十八階に上がり、エレベーターホールの隅にたたずむ。それから間もなく、腕時計型の特殊無線機から許《シェ》と麻実の遣《や》り取りが洩れてきた。

「あなた、どうしてレシピエントをたくさん集められる？」

「病院名を明かすわけにはいきませんけど、実はわたし、現職の看護師なんです」

「そう。きれいなナースね。男性患者たちが羨《うらや》ましいよ」

「お上手ですね」

「わたし、ほんとのことしか言わない。あなた、本当に美人よ。それに、とってもセクシー。わたしのビジネスパートナーになってくれたら、すごく嬉しいね」

「ぜひ組みましょう。わたし、少しまとまったお金が欲しいんですよ」

「それ、なぜ？　わたし、理由知りたいね」

「ネット・オークションの会社を興《おこ》したいんです。看護師の仕事は嫌いじゃないんですけど、給料が安いんですよ。わたし、もう少しリッチな暮らしがしたいの」

「たくさんお金あると、いろいろ愉《たの》しい。お金ない。それ、不幸ね。わたしも、お金大好き。だから、あなたの気持ち、よくわかるよ」

「早速ですけど、日本人のレシピエントをあなたにご紹介したら、どのくらいの謝礼をいただけます？」

「わたし、移植手術費用の十パーセント貰ってる。それ、自分でレシピエントを集めた場合ね。心臓移植なら、二百五十万円ぐらいのコミッション貰える。あなたにわたしの取り分の半分あげるよ。それで、オーケー？」

「ええ、結構です」

「腎臓の手術、あまり儲からない。肝臓や心臓のレシピエント、たくさん集めて。わたしもあなたも、そのほうが儲かるね」

「わかりました」

「あなた、誰かと会う予定あるみたいね？」

「いいえ、別に予定はありませんけど。どうして、そう感じられたんです？」

「あなた、坐ってから、ずっと腕時計を気にしてる」

「ごめんなさい。これ、緊張してるときの癖なんです。実際には、時計の針を見てるわけじゃないんですけど」

「わたし、あなたがこのあと、誰かとデートすると思ったね」

「いいえ、そんな男性はいません」

「それなら、わたし、嬉しいよ。わたし、きのう、好きな女と別れたね。その女、わたしを裏切った」

「裏切った？」

「そう。わたしの目の前で、その彼女、来了《ライラ》しちゃったね。相手の男は、この部屋に押し入った二人組の片割れだった」

「来了《ライラ》というのは？」

「それ、エクスタシーのことね。わたし、男のプライド傷つけられた。だから、その彼女と別れた。とっても淋《さび》しいよ」

「お辛い思いをされたのね」

「でも、わたし、すぐ元気になれる。あなたと知り合えた。わたし、日本の女性、すごく好きね。あなたとは長くつき合いたい。ビジネスパートナーとしてだけじゃなくて、男と女としてもね」

「急にそうおっしゃられても、返答に困ります。だって、きょうが初対面ですもの」

「そう、そうね。わたし、ちょっと焦《あせ》ってる。恥ずかしいね。でも、あなたを好きになりそう。だから、わたしのこと、いっぱい知ってください」

「わたしも許《シエ》さんのことをもっと知りたいわ」

「いまの言葉、嬉しいよ。わたしのオフィス、大久保一丁目にある。大久保小学校の近くね。ここから、歩いて五、六分よ。わたし、あなたにオフィスを見てほしい。一緒に行ってくれるか？」

「ええ」

麻実の短い応答があり、急に音声が途絶《とだ》えた。

唐木田はエレベーターに乗り込み、一階ロビーに降りた。数分待つと、許《シェ》と麻実がロビーに姿を見せた。二人はホテルを出ると、西武新宿線の線路沿いに歩きはじめた。

唐木田は二人を追った。

許《シェ》と麻実は大久保公園の手前で右に曲がり、裏通りから職安通りに出た。職安通りを渡ると、大久保小学校方面に進んだ。まだ三時前とあって、人通りは少なかった。

唐木田は二人を追尾《ついび》しながら、何か禍々《まがまが》しい予感を覚えた。

許《シェ》は、麻実のダイバーズ・ウォッチ型の特殊無線機に気づいたのではないか。そして、上海マフィアのボスは麻実を自分のアジトに誘い込む気なのではなかろうか。例のマンションの三〇三号室には、方《ファン》たち手下がいるにちがいない。

唐木田は足を速《はや》めた。路上で許《シェ》を取り押さえ、締め上げる気になったのだ。

その矢先、三人の中国人と思われる男が前方から駆けてきた。どうやら許《シェ》はホテルの部屋を出る前に、こっそり手下に電話をかけたらしい。

男たちが麻実を取り囲んだ。麻実が体を硬直させる。刃物か拳銃を突きつけられたのだろう。

唐木田はコルト・ガバメントの銃把《グリップ》に手を掛けたが、引き抜くことはできなかった。迂闊《うかつ》だった。ホテルの部屋で麻実に特殊無線機を使わせたことを心底、悔《く》やんだ。しかし、もはや手遅れだった。

いまは怒りをぐっと抑《おさ》え、敵の出方を待つほかない。下手に麻実を奪い返そうとしたら、彼女は殺されることになるだろう。それだけは、なんとしても避けたい。

やがて、許《シエ》たち四人は麻実を八階建てのマンションに連れ込んだ。五人がエレベーターに乗り込んでから、唐木田は岩上の携帯電話を鳴らした。

岩上が電話に出た。唐木田は事の経過を早口で話した。

「親分、すぐにドクと一緒に大久保のマンションに駆けつけるよ。それで、三〇三号室に躍《おど》り込む」

「ガンさん、そいつは危険だ。麻実は敵の手に落ちたも同然だからね。おれたちが踏み込もうとすれば、許《シエ》は麻実に何か危害を加えるにちがいない。そして、彼女を弾除《たまよ》けにしながら、連中は逃走する気になるだろう」

「そうだろうな。くそっ！」

「ガンさん、ドクに連絡して、こっちに来てくれないか。それで、おれからの連絡を待ってほしいんだ」

「わかった」

「一時間待っても、おれからの連絡がなかったら、ドクと三〇三号室に躍り込んでもらいたい」

「ガンさん、ピッキング道具は持ってるよね？」

「ああ、持ってらあ。親分、女社長を必ず救い出してやろうな」

「もちろん！」

「それじゃ、ドクに連絡して、そっちに向かう」

岩上が慌《あわ》ただしく電話を切った。

唐木田は携帯電話を上着の内ポケットに突っ込み、マンションのエントランスロビーに入った。エレベーター乗り場に向かいかけたとき、腕時計型特殊無線機が放電音を刻んだ。

唐木田はトークボタンを押し、特殊無線機を顔に近づけた。

「偽移植コーディネーターの仲間ね、おまえは？」

許《シエ》の声だった。

「女に何かしたのかっ」

「素っ裸にして、後ろ手錠を掛けたとこね。おまえ、どこにいる？」

「マンションの一階だ」

「おまえ、わたしのオフィス知ってるか？」

「三〇三号室だろ？」

「あいよ」

「そう。おまえの声、はっきり憶《おぼ》えてる。ホテルの部屋に押し入ってきた二人組のひとりね。違うか？」

「あんたの言った通りだ。これから、三〇三号室に行く。だから、女に妙なことはするな」

「早くこっちに来る。オーケー？」

「いま行くよ」

唐木田は電話を切ると、コルト・ガバメントをベルトの下から引き抜いた。床に片膝をつき、ワークブーツの紐《ひも》をできるだけ緩《ゆる》める。唐木田はピストルを踝《くるぶし》に密着させ、靴紐で固定した。アイスピックを捨てる。

唐木田は深呼吸してから、ゆっくりと立ち上がった。気持ちが急《せ》いていた。麻実を少しでも早く救出してやりたい。しかし、焦《あせ》りは危険を招く。

唐木田は函《ケージ》に乗り込んでからも、深呼吸で逸《はや》る気持ちを鎮《しず》めた。

エレベーターが二階に停まった。唐木田は三〇三号室に急いだ。インターフォンを鳴らすと、眼光の鋭い男が応対に現われた。方《ファン》という名の手下だろう。

「おまえ、女の仲間か？」

「そうだ。早く奥に行かせてくれ」

「その前に身体検査ね。両手、高く挙《あ》げる。両足も大きく開くね」

「わかったよ」

唐木田は言われた通りにした。目つきの鋭い男が両手で唐木田の体を軽く叩きはじめた。

唐木田はコルト・ガバメントが見つからないことを祈った。しかし、その祈りは虚《むな》しかった。男はワークブーツの中から自動拳銃を抜き取り、にやりと笑った。

「これ、貰っとく」

「くれてやる」

唐木田は言った。男が立ち上がり、スライドを滑らせた。十一・四ミリ弾が薬室《チエンバー》に送り込まれた。唐木田は身構えた。

男が唐木田の背後に回り、コルト・ガバメントの銃口で小突いた。

唐木田は部屋の奥に向かった。衝立《ついたて》の向こうには、麻雀卓が四つ並んでいる。その右手の広いフロアに裸の麻実が正坐させられていた。不安そうな表情だった。

許《シエ》は麻実の後頭部にマカロフPbの銃口を押し当てていた。ロシア製のサイレンサー・ピストルだ。

麻実の前には、三人の若い手下が横一列に立っている。さきほど見かけた男たちだ。

「中国人、礼節を大切にしてるね。わたしの仲間を紹介しよう。おまえの身体検査したのは方《ファン》ね。前の三人は、左から李《リー》、呉《ウー》、林《リン》。四人とも上海で生まれた」

許《シエ》が言った。

「今度は、おれたちに挨拶しろってわけか？」

「そういうことね。わたし、おまえたちの正体、とても知りたいよ」

「おれたちは私刑執行人グループのメンバーさ」

「おまえの冗談、ちっとも面白くない。警察の潜入捜査官か？」

「警察とは無関係だ」

唐木田は言いながら、許《シエ》との距離を目で測《はか》った。

二メートルほど離れている。後ろの方《ファン》をエルボーで弾くことはできても、許《シエ》までは倒せないだろう。

「おまえたち、何か勘違いしてる。わたし、祖父江にフローズン・ハート盗めと言ってない。もちろん、矢島という男も知らないね。祖父江、死んだ。でも、わたし、何も関係ないよ」

「ほんとだなっ」

「おまえ、しつこい。わたし、嘘ついてなよっ」

許《シエ》が苛立《いらだ》たしそうに吼《ほ》えた。唐木田は、はったりを噛ませる気になった。

「おれたちは、祖父江の証言音声をある捜査機関に預けてあるんだ。おれたち二人を消したら、あんたら全員、逮捕《パク》られることになるぜ」

「日本の警察、やくざと同じね。ちっとも怖《こわ》くないよ。わたし、おまえの仲間の色男、どうしても赦《ゆる》せない。あいつ、美莉《メイリー》をわたしの目の前で来了《ライラ》させた。それ、屈辱《くつじょく》的ね。だから、今度はわたしがおまえたち二人を侮辱する番ね」

「何をする気なんだ？」

「とても面白いことよ」

許《シエ》が残忍そうに笑い、麻実に李《リー》、呉《ウー》、林《リン》の三人のペニスをしゃぶれと命じた。

「冗談じゃないわ。殺されたって、そんなことできないっ」

麻実が大声を張り上げた。

「わたし、何人も人間を殺してる。女も殺《や》ったね」

「殺したきゃ、殺しなさいよ」

「その前に、後ろの男を先に始末する。それ、オーケー？」

許《シエ》が言った。

「それだけはやめて！」

「おまえ、後ろの男に惚れてるみたいね」

「ええ、その通りよ。だから、彼には何もしないで」

「好きな男を救いたかったら、おまえ、三人のシンボルくわえる。それ、やるか。それとも、後ろの男、死んでもいいか？　どっちか選ぶね」

「おれのことは気にかけるな。理不尽な要求は突っ撥《ぱ》ねるんだ」

唐木田は麻実に言った。

「でも、そんなことをしたら、あなたが……」

「いいんだ。それより、自尊心を大事にしろ」

「俊さん、目をつぶってて」

「ばかな考えは捨てろっ」

「あなたを死なせるわけにはいかないわ」

「やめるんだ、麻実！」

「早く瞼《まぶた》を閉じて」

麻実が叫ぶように言った。

唐木田は胸を締めつけられた。体を張って、死ぬ気で闘う気になった。唐木田はワークブーツの踵《かかと》で、方《ファン》の向こう臑《ずね》を蹴った。方《ファン》が呻いて、しゃがみ込む。

唐木田は許《シエ》に組みついた。

弾みで、マカロフＰｂが暴発した。発射音は小さかった。空気が洩れるような音がしただけだった。九ミリ弾は長椅子の背凭れを穿《うが》った。

李《リー》たち三人が一斉《いっせい》にトカレフを腰の後ろから引き抜いた。

唐木田は許《シエ》の利き腕を摑みながら、捩《ねじ》伏せた。マカロフＰｂが床に零《こぼ》れた。

唐木田はロシア製のサイレンサー・ピストルに手を伸ばした。その瞬間、方《ファン》に脇腹を蹴られた。一瞬、息が詰まった。唐木田はむせながら、床に転がった。

方《ファン》が膝頭で唐木田の腹部を押さえた。コルト・ガバメントは左手に移されていた。右手には、マカロフＰｂが握られている。

「撃て！　おれを先に撃てよ」

唐木田は声を張った。

「いま殺したら、つまらない。おまえは、許《シエ》さんの仕返しを見る。わかったか？」

「すぐにおれを殺せ！」

「おまえ、子供みたいね」

方《ファン》が嘲笑し、マカロフＰｂの消音器で唐木田の口を抉《こ》じあけた。すぐにサイレンサーが浅く突っ込まれた。コルト・ガバメントの銃口は、唐木田の側頭部に押し当てられた。

許《シエ》が身を起こし、母国語で李《リー》たち三人に何か指示した。三人はにやにやしながら、相前後して分身を摑み出した。揃って力を漲《みなぎ》らせていた。

李《リー》が麻実をひざまずかせ、昂《たか》まったペニスを荒っぽく口中に突き入れた。麻実が喉の奥で呻いた。

李《リー》は両手で麻実の頭部を押さえ込むと、がむしゃらに腰を前後に動かしはじめた。

強烈なイラマチオだった。

「おい、やめろ！　やめるんだっ」

唐木田は声をふり絞った。だが、言葉はくぐもって自分の耳にも届かなかった。

李《リー》が低く唸《うな》り、腰を引いた。迸《ほとばし》った精液は麻実の美しい顔を汚した。

麻実は不快そうに手の甲で顔面を拭っただけで、泣き言は口にしなかった。

呉《ウー》が息を弾ませながら、反り返った男根を麻実にくわえさせる。麻実は舌を使おうとしない。

「おまえ、舌を動かす。よろしいか？」

呉《ウー》がおかしな日本語を使い、腰を躍らせはじめた。

唐木田は、また制止の声をかけた。しかし、舌はうまく回らなかった。

呉《ウー》は呆気《あつけ》なく果てた。麻実が口に溜《た》まった精液を床に吐き棄《す》てた。呉《ウー》が気色《けしき》ばんだ。

許《シエ》が短く中国語で何か窘《たしな》めたようだ。呉が素直にうなずき、壁際まで退《さ》がる。

最後の林《リン》は巨根の持ち主だった。黒光りする男根は、優に二十二、三センチはあるだろう。

麻実は含まされた。まるでフランスパンを突っ込まれたような感じだった。いかにも苦しげだ。

「おまえ、わたしのザーメンを呑《の》む。わかったな。吐き出したら、わたし、怒る。それ、忘れないことね」

林《リン》が言いながら、腰を使いはじめた。前後に動くだけではなかった。腰を旋回させ、時に亀頭で麻実の頬を叩いたりもした。

林《リン》の抽送は、なかなか終わらなかった。麻実は屈辱感に耐えられなくなって、林《リン》の分身に歯を立てたようだった。

林《リン》が悲鳴に似た声を発し、腰を大きく引いた。次の瞬間、射精してしまった。乳白色の飛沫《ひまつ》は林《リン》の足許に散った。

「わたしはどうなってもいいから、彼を解放してやって」

麻実が許《シエ》に哀願した。

「まだショーは終わってないね」

「今度は何をさせる気なのっ」

「方《ファン》は、上海で一番の女泣かせだったね。セックス、とっても上手。おまえ、方《ファン》に来《ライ》了《ラ》させてもらえ。それで、わたしの気持ち、少しは晴れるね」

許《シエ》が麻実に言い、李《リー》たち三人に目配せした。

三人の男がトカレフを手にすると、唐木田を取り囲んだ。方《ファン》がマカロフPbを許《シエ》に渡し、麻実に近づく。コルト・ガバメントを握り締めていた。

「彼女の口を穢《けが》しただけで充分だろうが！　彼女は帰らせてやってくれ」

唐木田は李《リー》たち三人に押さえつけられた状態で、許《シェ》に声をかけた。許《シェ》は薄く笑ったさりだった。方《ファン》がコルト・ガバメントの銃口を突きつけ、麻実に仰向けになるよう命じた。

麻実はためらってから、床に身を横たえた。手錠が外された。方《ファン》が麻実の腰のあたりに胡坐《あぐら》をかき、左手で乳房を鷲摑《わしづか》みにした。麻実が痛みを訴えた。

「いまのは挨拶ね。これからはソフトに愛撫するよ」

方《ファン》が指の間に乳首を挟みつけ、隆起全体を優しくまさぐりはじめた。寝かせたコルト・ガバメントは恥丘に置かれた。

方《ファン》は左手で麻実の乳房を揉みたて、コルト・ガバメントで幾度も飾り毛を薙《な》ぎ倒した。それから、銃口で陰裂をなぞりはじめた。

その直後、李《リー》の顔面を何かが掠《かす》めた。すぐに呉《ウー》と林《リン》も上体を反らせた。出入口の方から投げ放たれたのは、三本のメスだった。

岩上と浅沼が踏み込んでくれたらしい。唐木田は李《リー》が落としたトカレフを素早く拾い上げ、呉《ウー》の右手から拳銃を奪い取った。林《リン》が慌《あわ》ててトカレフを両手で構えた。

唐木田は林《リン》の腹を蹴り、勢いよく立ち上がった。許《シェ》がうろたえ、二挺のサイレンサー・ピストルを突き出した。

「警察だ。動いたら、撃つぞ」

岩上がニューナンブM60を両手保持で構えながら、勢いよく躍り込んできた。その後ろには、浅沼がいた。

方《ファン》が床から腰を浮かせた。麻実が方《ファン》の両脚を掬《すく》い、コルト・ガバメントを奪った。彼女はすぐに方《ファン》の眉間《みけん》に銃口を押し当てた。

「マカロフをゆっくりと足許に置くんだっ」

唐木田は許《シェ》に命じた。許《シェ》は長く息を吐くと、命令に従った。

浅沼が二挺のマカロフPbを拾い上げてから、三本のメスを床から抓《つま》み上げた。

「まだ一時間は経《た》ってねえけど、ちょっと心配だったんでな」

岩上が唐木田にそう言い、許《シェ》に警察手帳を呈示した。浅沼が許《シェ》と方《ファン》の背後に回る。

「服を着るわ」

麻実が部屋の隅に走り、後ろ向きで身繕いに取りかかった。

「わたし、祖父江にフローズン・ハートを調達しろなんて言ってない。あの男を殺させてもないよ」

許《シェ》の語尾に方《ファン》の言葉が重なった。

「ボス、嘘《うそ》言ってないね」

「一応、あんたたちの言葉は信じてやろう。しかし、このまま帰る気にはなれないな」

唐木田は浅沼に大股で近づき、トカレフとマカロフPbを交換した。許《シュ》が体ごと振り向いた。

「くたばれ！」

唐木田はマカロノPbで、許《シェ》の顔面を撃ち砕《くだ》いた。鮮血と肉片が飛び散った。許《シェ》は後ろに倒れた。

方《ファン》が何か喚《わめ》き、腰の後ろに手をやった。

唐木田は無造作に方《ファン》の頭部に銃弾を浴びせた。方《ファン》は隠し持っていたトカレフを引き抜く前に息絶えた。

李《リー》たち三人は口々に命乞いをした。

「麻実、こいつらに決着《オトシマエ》をつけてやれ」

唐木田は言った。麻実が大きくうなずき、浅沼に歩み寄った。浅沼がメスを麻実に手渡す。

麻実は李《リー》たち三人をトライアングルに横たわらせ、それぞれにオーラル・セックスを強要した。三人は驚きの声をあげ、難色を示した。

唐木田は三人の近くに十一・四ミリ弾を撃ち込んだ。

李《リー》たちは竦《すく》み上がり、ペニスをくわえ合った。三人とも、なかなか勃起《ぼっき》しなかった。

それでも十分ほど経つと、三人ともエレクトした。

「それじゃ、今度はわたしがしゃぶってあげるわ」

麻実が冷ややかな微笑をにじませ、李《リー》たち三人の分身の根元をメスで深く傷つけた。

三人は股間を押さえながら、転げ回りはじめた。浅沼が無言で三人に近づき、李《リー》、呉《ウー》、林《リン》の順に両足のアキレス腱《けん》を無造作にメスで切断した。

李《リー》たちは白目を晒《さら》しながら、のたうち回りはじめた。呉《ウー》は泣きながら、失禁した。

「そろそろ引き揚げよう。トカレフやマカロフは戦利品だ」

唐木田はメンバーたちを促《うなが》し、出入口に足を向けた。

2

空気が重い。

唐木田は、メンバーたち三人の顔をまともに見られなかった。自宅マンションの居間だ。四人は許《シェ》の事務所を後《あと》にすると、唐木田の自宅に集まったのだ。

「おれには、チーフを務《つと》めるだけの能力はないな」

唐木田は沈黙を突き破った。一拍おいて、岩上が口を開いた。

「親分、それはどういう意味なんだい？」

「おれの判断ミスで、みんなに迷惑をかけてしまった。一連の事件の首謀者は許《シェ》だろうと推測したせいで、きょうは仲間たちを危険な目に遭《あ》わせてしまった。ことに麻実には辛い思いをさせた」

「それだから、どうだって言うんだい？」

「ガンさん、おれの代わりにチーフになってもらえないかな」

「親分、何を言い出すんだよ。おれは現職の刑事だぜ。それに四人の中では最年長だが、リーダーになるような器《うつわ》じゃない」

「いや、ガンさんこそリーダーにふさわしい人物だよ」

「親分、このチームを結成したのはそっちだぜ。ちょっとした判断ミスをしたからって、リーダーを降りたいなんて無責任だよ」

「無責任？」

「ああ、おれはそう思うね」

「二人はどう思う？」

唐木田は、麻実と浅沼の顔を等分に見た。浅沼が先に口を切った。

「岩上の旦那を除いて、おれたち三人は捜査のプロじゃない。だから、唐木田さんの推測が時に間違ってても当たり前ですよ。現におれだって、祖父江を操ってる奴は許《シェ》と思ってました」

「現職刑事のおれだって、許《シェ》を怪しんでたよ」

岩上が苦く笑いながら、そう言った。

「旦那でさえそうなんだから、チーフが必要以上に自分を責めることはありませんよ。ちょっとした判断ミスなんか、気にしないほうがいいと思うな」

「ドクはそう言うが、おれは敵の牙城に無謀にも麻実を送り込んでしまったんだ。その結果、麻実に恐怖と屈辱感を味わわせることになった。リーダーとして、やっぱり失格だよ」

「俊さん、わたしのことで深く悩まないで。ほかのメンバーもそうでしょうけど、わたしね、チーム入りしたときから、ずっと死を覚悟してきたの。女だから、体を弄《もてあそ》ばれることもあるだろうって思ってたわ。許《シエ》の子分たちにされたことは腹立たしいけど、それで気持ちが怯《ひる》むほど弱い女じゃないつもりよ」

「しかし、ガンさんとドクが三〇三号室に踏み込んでくれなかったら、きみとおれは殺されてたかもしれないんだ」

「そうなったとしても、あの世で俊さんを恨んだりしないわ」

「そっちはそうでも、おれのほうは……」

「俊さんがわたしのことを気遣《きづか》ってくれるのは嬉しいけど、チームの仕事をしてるときは私情を捨ててほしいの。いまリーダーとして欠けているとこがあるとしたら、そういう面じゃないのかな。あなたは、もっと非情になるべきよ。目的達成のためなら、メンバーのひとりや二人は敵に倒されても、それはそれで仕方がないと割り切るべきなんじゃない？」

「親分、おれも同感だね」

岩上が麻実に同調した。浅沼も、基本的には岩上たち二人と同じ考えだと呟いた。

「みんながそう思ってくれてるんだったら、このままリーダー役を務めさせてもらおう」

唐木田は仲間たちに誓言した。

「親分、そうこなくっちゃ。それはそうと、祖父江護の交友関係を洗い直す必要があるな」

「そうだね。おれはもう一度、祖父江の二度目の女房だった古谷優子に会ってみるよ」

「それじゃ、おれは祖父江の葬儀に列席した連中をチェックしてみらあ。その中に黒幕がいる可能性もあるだろうからな」

「ガンさん、そっちは頼んだぜ」

「あいよ」

「話は飛ぶけどさ、李《リー》、呉《ウー》、林《リン》の三人の息の根を止めてから、敵のアジトを出るべきだったんじゃないのかな」

浅沼が誰にともなく言った。すると、岩上が不安顔で確かめた。

「ドク、まさか指紋や掌紋の付着したメスを現場に遺《のこ》してきたんじゃねえだろうな？」

「そんな失敗《ドジ》は踏みませんよ。ただ、李《リー》たち三人が生きてるとしたら、旦那に捜査の手が伸びるかもしれないと思ったんだ。ほら、旦那は許《シエ》に警察手帳を見せたじゃないですか」

「ああ、見せたな。しかし、所轄署名も氏名も明かさなかった。仮に李《リー》たち三人が生きてて捜査員におれのことを喋ったとしても、こっちを割り出すことなんかできねえさ」

「そうかな。おれは、それがちょっと不安なんですよ」

「もしも手錠《ワッパ》打たれるようなことになっても、おれはチームのことは隠し通すさ」

「あいつら三人のことが気になるわね」

麻実がサイドテーブルの上から遠隔操作器《リモート・コントローラー》を摑み上げ、大型テレビの電源を入れた。

幾度かチャンネルを替えると、ニュースが報じられていた。

唐木田たち四人は、画面に目を向けた。国会関係のニュースが終わると、許《シエ》のオフィスがあるマンションが映し出された。

男性アナウンサーはマンションの三〇三号室で許《シエ》と方《ファン》の射殺死体が発見されたことを伝えたきりで、李《リー》たち三人については何も喋らなかった。

「李《リー》たち三人は仲間に電話で救いを求め、どこか病院に運んでもらったんだろう。大久保周辺には、暴力団関係者や不法残留の外国人の怪我の手当てを闇でやってる外科医院が幾つかあるからな」

唐木田は言った。と、岩上が口を開いた。

「おそらく、そうなんだろう。奴ら三人が歩いて逃げることはできねえからな。当然、マンションの居住者は仲間たちに担《かつ》ぎ出される李《リー》たち三人を目撃してるはずだ。しかし、そのことを警察に教える人間はいないだろう。チャイニーズ・マフィアの怕《こわ》さを知らないわけねえからな」

「ああ。それから、李《リー》たちがわざわざ三〇三号室で起こったことを警察に話すとは思えない」

「それは絶対にないよ。奴らは、どいつも叩かれたら、埃《ほこり》の出る体だからな」

「そうだね」

「ドク、これでもう不安は消えたろ？」

「ええ」

浅沼が岩上の問いかけに、明るい表情で答えた。

麻実がテレビのスイッチを切った。それから間もなく、岩上と浅沼が辞去した。

「さっきは生意気なことを言っちゃったわね。でも、個人的には、わたし、とても嬉しかったわ。俊さんは命懸けで、わたしを救ってくれようとした」

「おまえさんだって、自分のことよりもおれのことを気遣ってくれた。あのときは、胸の奥がじーんとしたよ」

「わたしも涙が出そうになっちゃった。それから、俊さんをかけがえのない男性なんだと改めて強く思ったわ」

「おれも、きみを愛《いと》しく感じたよ」

唐木田は横にいる麻実の肩を抱き寄せ、彼女の顔を自分の方に向かせた。麻実が複雑な顔つきで、唐木田の唇に人差し唇を押し当てた。

「きょうはキスしないで。ここに着いて二十分近くも歯磨きをしたけど、三人の男に口を穢《けが》されちゃったから……」

「つまらないことを言うなって」

唐木田は麻実の人差し指を外し、形のいい唇をついばみはじめた。麻実は短くためらってから、唐木田の唇を吸い返してきた。

二人はひとしきりバード・キスを交わし、舌を深く絡《から》めた。いつもよりも濃厚なくちづけになった。

顔が離れたとき、麻実の目から涙の雫《しずく》が零《こぼ》れた。

「ばかだな。なんで泣く必要があるんだ？」

「嬉し泣きよ。俊さんに大事にされてることがありがたくて……」

「かわいいことを言うんだな」

唐木田は気障《きざ》だと思いつつも、麻実の涙を唇で受けた。涙はほんの少ししょっぱかった。

「ありがとう」

麻実が静かに長椅子から立ち上がり、洗面所に向かった。泣き顔を見られたくないのだろう。

唐木田は煙草に火を点けた。

麻実が居間に戻ってきたのは、十五、六分後だった。目がうっすらと充血していたが、きれいに化粧されていた。

「わたし、会社に戻るわ」

「そうか。それじゃ、おれは南青山の『祖父江ギャラリー』に行ってみるよ」

唐木田は麻実を玄関先まで送ると、ざっとシャワーを浴びた。ついでに髭も剃《そ》る。

浴室を出ると、唐木田はすぐに外出の支度に取りかかった。部屋を出て、レクサスに乗り込む。

『祖父江ギャラリー』に着いたのは、数十分後だった。画廊のシャッターは降りていた。

やむなく唐木田は、北新宿の祖父江邸に行ってみる気になった。

楡家通りを低速で進みはじめた直後、アクセサリーショップから古谷優子が現われた。唐木田は車を路肩に寄せ、短くクラクションを鳴らした。

　優子が唐木田に気づき、軽く会釈した。唐木田はレクサスを降り、優子に走り寄った。

「祖父江が亡くなったこと、ご存じよね？」

「はい。お気の毒でした。まだ画廊は……」

「いいえ、画廊はもう閉めることになったんです」

「祖父江さんのご兄弟の意向なのかな？」

「ひとりっ子だったんですよ、祖父江は」

　優子が言った。

「それじゃ、どなたが廃業すると決めたんです？」

「祖父江の従兄《いとこ》です。わたしは知らなかったんですけど、祖父江は一年以上も前に画廊の経営権を坪内昌治《つぼうちしようじ》という従兄に譲渡してたんです。坪内さんの話によると、祖父江は五百万の借金が返せなくなったから、画廊の権利で帳消しにしてくれと言ったらしいんです」

「それで、祖父江さんの従兄はギャラリーを畳むことにしたわけか」

「そうなんですよ。ずっと赤字つづきだったんで仕方がないんですけど、話が急なんで慌《あわ》てちゃいました」

「でしょうね」

「そんなことで、ご近所の方々にお礼のご挨拶に回ってたの」

「そうだったんですか。坪内昌治という方は、祖父江さんよりもだいぶ年上なんですか？」

「いいえ、まだ五ー四よ。祖父江の母親が坪内さんのお母さんの妹なんです」

「そうですか。坪内さんのお仕事は？」

「ケア付き老人ホームの経営をなさってるはずよ。えーと、確か『悠楽園《ゆうらくえん》ホーム』とかいう名称の高齢者マンションが川崎市多摩区生田《いくた》のどこかに……」

「ケア付き高齢者マンションの経営状態はどうなんでしょう？」

　唐木田は、さりげなく問いかけた。

「入居時に一千数百万も貰ってるから儲かってそうだけど、二十四時間、内科医と看護師をマンション内の診療所に待機させてるし、プールなんかの維持費も大変みたいですよ。六階建てのマンションの建設費は、ほとんど銀行からの借金らしいの」

「当然、人件費もかかりますよね」

「ええ、そうね。最盛期にはスタッフが二十五人もいたらしいけど、いまは十四、五人で切り盛りしてるみたいですよ」

「日本人の平均寿命が年々延びてるから、入居者の回転率はダウンしてるんだろうな」

「ええ、そうね。だから、いつか祖父江が冗談で『坪内の昌ちゃんは毎月、入居者の誰かに毒を盛れば、新規の入居者から一時金が入るのになあ』なんて言ってたんです」

「ケア付き老人ホームの経営に行き詰まったら、そこまでやってしまう者が出てくるかもしれないな」

「まさか坪内さんはそんなことはしないと思うけど、経営が大変なことは間違いないわね。というのも、坪内さんは数カ月前に成城のご自宅を売却して、いまはご夫婦で『悠楽園ホーム』の一室で暮らしてるらしいの」

「かなり経営は苦しいようだな」

「そうなんでしょう。だから、画廊を畳んで、ビルの家主から幾らかでも保証金を返してもらいたかったんじゃない？」

優子が言った。

「そうなのかもしれませんね」

「他人事じゃないんだけど、坪内さんは運に見放されたみたい。悪いことつづきなのよ」

「悪いことつづき？」

「ええ。八十過ぎの入居者がこの半年で三人も散歩中に忽然と消えちゃったのよ」

「あなたは、その話を誰から聞いたんです？」

「坪内さんご自身からよ。女性がひとりで、男性が二人だったと思うわ。いまも行方のわからない三人の方は中度の認知症で時々、夜中に徘徊《はいかい》してたんだって。そのたびに、ホームの職員たちは大変な思いをしてたようですよ」

「行方のわからない三人のほかに、『悠楽園ホーム』の関係者で失踪した者は？」

「そういえば、『悠楽園ホーム』をリストラされた元職員が相次いで失踪してるわね。そのことは、テレビの報道特集で知ったんです。何気なくテレビを点けたら、坪内さんが記者のインタビューに答えてたんで、わたし、結局、その特集番組を最後まで観《み》ることになったの」

「失踪した元職員の数は？」

「えーと、七人だったと思うわ。男が四人で、女は三人だったかしらね」

「その七人は、どのくらいの間に相次いで姿をくらましたんです？」

「やっぱり、半年かそこらの間よ」

「そうですか」

唐木田は平静に応じたが、何か犯罪の臭《にお》いを嗅ぎ取っていた。

何らかの形で、坪内という人物が入居者や元職員の失踪に関わっているのではないのか。何も根拠はなかったが、そんな気がしてきた。

ただ、祖父江が関与していたフローズン・ハート詐取事件と謎の連続失踪事件がリンクしているとは考えにくい。臓器と生身の人間では、大違いではないか。

そこまで考え、唐木田は自分の早計な判断を恥じた。どの人間も、基本的には各種の内臓を有している。

行方不明の男女がどこかで臓器を無断で摘出されている可能性はあるかもしれない。そうだとすれば、闇の臓器移植手術を請け負《お》っている組織か、臓器狩りのチームが存在するのではないか。

唐木田は、また袋小路に入ってしまった。

高齢者の臓器は、移植手術には適さない。『悠楽園ホーム』の三人の入居者の失踪と元職員たちのことは、切り離して考えるべきだろう。坪内は入居者の回転率を高める目的で、誰かに三人の高齢者の殺害を依頼したのか。

それとは別に、七人の元職員を誰かに拉致《らち》させ、必要に応じて臓器を抉《えぐ》り取っているのだろうか。仮にそうだとしたら、臓器の提供ということで祖父江と坪内の利害は一致する。しかし、それを裏付けるものは何もない。

「半年かそこらで三人の入居者と七人の元職員が相次いで行方がわからなくなるなんて、なんか変よね」

「記者は、そのあたりのことについて、坪内氏に何か意見を言ってませんでした?」

「とてもミステリアスだし、事件性もありそうだと言ってたわ。そうしたら、坪内さんは急に怒りはじめて、取材を中止してくれと喚《わめ》いたの」

「むきになって怒ったのは、何か疚《やま》しさがあるからなんじゃないんだろうか」

「ええ、わたしもそう思ったわ」

「祖父江さんの死に、従兄の坪内さんが関わってるとは考えられませんかね？」

「それはないんじゃない？　二人はまるで兄弟みたいに仲がよかったもの」

「実の兄弟でも金銭が絡んだりすると、醜い骨肉の争いにまで発展するケースは少なくありませんよ」

「それはそうだけど、祖父江が坪内さんと何かトラブルを起こして殺されたとは考えられないわ。マスコミ情報を頼りにした推測だけど、彼は愛人の中国人ホステスの元彼氏か何かに殺《や》られたんだと思うわ。男性自身まで切断されたっていうんだから、色恋沙汰の恨みなんじゃない？」

「そうなんだろうか。それはそうと、祖父江さんの自宅とマンションは、どなたが相続されることになったんです？　坪内氏なのかな？」

「縁者はどなたも相続権を放棄したみたいよ。だって、借金を引き継ぐだけで、なんのメリットもないわけだから」

「それじゃ、自宅と所有マンションは抵当権を設定した金融機関が競売にかけることになるんだろうな」

「ええ、そうなるんでしょうね。死んじゃった祖父江はあの世で女の尻を追っかけ回してるんでしょうけど、わたしは最悪だわ。慰謝料はちゃんと払ってもらえなかったし、職も失っちゃったんだもの。この年齢《とし》じゃ、当分、働き口は見つからないだろうな」

優子が溜息混じりに言った。

唐木田は励ましの言葉をかけてから、自分の車に戻った。すぐに生田に向かう。

3

住宅街の坂道を登り切った。

急に視界が展《ひら》けた。『悠楽園ホーム』は丘の上にあった。外観は一般のマンションとあまり変わらない。ただ、玄関回りのたたずまいは病院に近かった。

唐木田はレクサスを高齢者マンションの駐車場に入れた。エンジンを切ったとき、岩上から電話がかかってきた。

「親分、ちょっと気になる人物が浮上してきたぜ」

「そいつは誰なのかな?」

「祖父江の母方の従兄《いとこ》の坪内昌治って奴だよ」

「えっ、坪内だって⁉」

「あれっ、親分、もう坪内のことを知ってたのか」

「うん、まあ。実は、祖父江の二度目のかみさんだった古谷優子から坪内のことを教えてもらったんだ」

　唐木田はそう前置きして、三人の入居者と七人の元職員が失踪中であることに触れた。

「その不可解な連続失踪事件のことは前々から気になってたんだ。しかし、『悠楽園ホーム』の経営者が殺された祖父江の従兄とは思ってもみなかったな」

「おれもだよ」

「坪内が祖父江の葬儀委員長を務《つと》めたらしいんだが、放心状態でまともに挨拶もできなかったというんだよ」

「古谷優子の話によると、二人は実の兄弟のように仲がよかったらしいんだ。それにしても、ショックの受け方が尋常じゃないな。五十四歳の男が弔《とむら》い客に挨拶ができないほど取り乱すもんだろうか」

「おれも、そう思ったよ。それからさ、坪内は出棺のとき、『護君、勘弁してくれ』って低く呟いたらしいんだ。その呟きはセレモニーホールの二人の従業員が聞いてる。

だから、聞き間違いなんかじゃないだろう」

「聞きようによっては、坪内が祖父江を殺《や》ったとも受け取れるような台詞《せりふ》だな。ガンさん、どう思う？」

「ああ、そう受け取れるな。祖父江と坪内は金の貸し借りで何か揉めてたんじゃねえのか？　どっちも借金だらけだったみてえだからな」

「おれが得た情報だと、坪内は成城にあった自宅を売却せざるを得なかった経済状態に陥ってるらしいんだ。だから、十人前後のスタッフをリストラ解雇したみたいなんだ。やめた職員のうち七人が謎めいた失踪をしてる。単なる偶然とは思えないんだよね」

「何か裏にありそうだな」

「おれは、行方のわからない元職員たちは何者かに拉致され、臓器を抜き取られてるんじゃないかと推測してみたんだが……」

「親分、それ、考えられるよ。祖父江は矢島滋に渋谷の総合病院からフローズン・ハートを騙し取らせてるからな」

「そうだね。臓器という共通項はあるんだが、坪内が祖父江と共謀してたという証拠はまだ何もない。そこで、おれは祖母を『悠楽園ホーム』に入れたいという架空の話をちらつかせて、坪内に会ってみようと思ったんだ。実はケア付き高齢者マンションの駐車場にレクサスを停めたところだったんだよ」

「親分、その手は悪くないね。ついでに、職員たちから何か探《さぐ》り出せるといいな」

「スタッフたちにも探りを入れてみるよ」

「おれは、失踪事件の捜査資料を集める」

「よろしく！」

「そうだ、報告が後になっちまった。親分、千晶は妊娠してなかったんだ。ついさっき別れた女房から電話があってさ、娘に生理が巡ってきたという連絡があったんだよ」

「そうか。よかったね、ガンさん！」

「ああ、ほっとしたよ。千晶は歯を喰いしばって禁断症状に耐えてるようだから、そのうち体から麻薬《クスリ》が抜けるだろう。いろいろ心配かけちまったが、もう大丈夫だと思う。親分、ありがとな」

「おれは、なんの力にもなれなかった。だから、礼なんか言われると困るよ」

「いやあ、チームのみんなに世話になったさ。女社長とドクには、あとでお礼の電話をしとくよ。それじゃ！」

岩上が先に電話を切った。

唐木田は携帯電話をマナーモードに切り替えてから、車を降りた。黄昏《たそがれ》が迫っていた。

『悠楽園ホーム』のエントランスロビーに入る。右手に受付カウンターが見えるが、人の姿はなかった。

ロビーに突っ立っていると、左手の食堂から制服姿の女性スタッフが現われた。三十歳前後で、縁《ふち》なし眼鏡をかけている。

唐木田は目礼した。眼鏡の女性が会釈《えしゃく》し、小走りに走り寄ってきた。

「ご面会でしょうか？」

「いいえ。祖母をこちらに入居させたいと考えてるんですが、現在、空き部屋はあるんでしょうか？」

「ございます。おいくつなんでしょう？」

「八十七です。しかし、足腰が少し弱っただけで頭はしっかりしてます。ですから、ホームの方々にご迷惑をかけるようなことはないと思います」

唐木田は、作り話を澱《よど》みなく喋った。

「単身でのご入居を希望されてるんですね？」

「はい、祖父は六年前に他界しましたので。わたしの両親は祖母との同居を望んでるんですが、当の本人がひとりでのんびりと暮らしたいと言い出しましてね」

「そうですか。それでは、入居に関する説明を理事長にさせますので、あちらでお待ちいただけますか」

女性スタッフがロビーの隅に置かれたソファセットを手で示した。唐木田は小さくうなずき、ソファセットに歩み寄った。

数分待つと、眼鏡の女性が五十四、五歳の男と一緒に近づいてきた。男は中肉中背で、髪は半白だった。

唐木田はソファから立ち上がって、男に軽く頭を下げた。男は女性スタッフを下がらせると、にこやかに話しかけてきた。

「お待たせしました。わたくし、当ホームを運営している理事長の坪内です」

「中村一郎といいます」

唐木田は、ありふれた姓名を騙《かた》った。二人はソファに腰かけた。

「大まかなことは、さきほど職員から聞きました。単身者用のお部屋は、2DKと1LDKがそれぞれ二室ずつ空いています。すぐに部屋をご覧になりますか？　五階の角部屋がいいかもしれませんね」

「実は、きょうは下見といいますか、入居費用などのことをうかがいたいと思いまして……」

「わかりました」

坪内が緑色のブリーフケースからパンフレットを取り出した。唐木田はパンフレットに目を通した。

ケア付き高齢者マンションの写真が表紙に大きく刷《す》り込まれ、運営目的や収容人員などが細かく記載されていた。診療室、食堂、娯楽室、屋内プール、室内の写真が配され、庭で談笑する入居者たちの姿も紹介されている。

「現在、百二十一人の方がここにお住まいになられています。どなたにも満足していただいております」

「そうですか。入居に際《さい》しては、どのくらいの費用がかかるんでしょう?」

「終身介護システムをとっておりますので、一時金は八十歳代で約一千万円です。月々の食費や光熱費が二十一万から三十万ですね。説明の必要はないでしょうが、入居された部屋のスペースによって、毎月の支払い額は異《こと》なります」

「それは当然でしょうね」

「医療費は入居者の負担は、わずか一割です。不足分は当方で補わせていただいております。もちろん、プールや娯楽室の使用は無料です。食事は入居者の健康状態に合わせて、栄養士の資格を持つスタッフがおひとりおひとりの献立を作っております。入浴時に介護の必要な入居者には、無料サービスをさせてもらっています。外出がままならない方には、理容師さんや美容師さんにここまで出張してもらってるんです。歯医者さんにも応診していただいてるんですよ。ですから、日常生活にはなんの不便もございません。ご家族やご友人との面会にも、特に制約はありません」

「そういうことなら、祖母を安心して入居させられそうだな。それに、費用も思っていたよりも安いんで助かります」

「わたしは、この仕事を単なるビジネスとは考えていないんです。いまの社会は、高齢者を蔑《ないがし》ろにしています。とんでもない話です。われわれの大先輩たちが一致団結して日本の復興に力を注いでくれたおかげで、経済大国と呼ばれるようになったわけです。しかし、いまや高齢者たちはお荷物扱いです。恩知らずも甚《はなは》だしいですよ」

「確かに、お年寄りに優しい社会じゃないですね。国の福祉政策が貧困だから、働き盛りの中年や若年層の税負担が増えてます。そんなことで、高齢者たちを邪魔者扱いしてる連中も多くなってますね」

「ええ。福祉面では、日本は後進国です。国や市町村がお年寄りに冷淡すぎるんで、わたしは欲得抜きで『悠楽園ホーム』の運営に乗り出したんですよ。正直なところ、まだ黒字にはなっていません。しかし、誰かがこうした事業を手がけなければ、高齢者たちの苦労は報《むく》われないでしょ？」

「そうですね。坪内さんは、ご立派だな。なかなか真似はできません。尊敬します」

「面と向かってそんなふうにおっしゃられると照れ臭いですが、わたしがある種の使命感を持っていることは確かです。運営資金が底をつくたびに、逃げ出したい気持ちになりますよ。しかし、必死に耐えてきたんです。その結果、心ならずも十人近いスタッフをリストラ解雇せざるを得なかったんです。彼らのことを考えると、いまも心が痛みます」

坪内がうつむいた。

「その話が出たので、ちょっとうかがいます。マスコミ報道によると、元職員の男女が七人も失踪したままだそうですね。それから、三人の入居者も」

「ええ、そうなんですよ」

「何か思い当たることは？」

「ここに出入りしてた食材納入会社の青年が、ある新興宗教団体の熱心な信者だったんです。おそらく彼に強く入信を勧められた入居者や元職員がその気になって、教団の修行場に自ら引きこもったんでしょう。行方のわからない男女は、揃って性格が素直でしたからね。しかし、なんの心配もありません。先月、食材納入業者を変えましたんで、新興宗教に凝《こ》ってる青年はもう出入りしてませんから」

「そうですか」

「商売っ気を出すわけではありませんが、一応、お部屋を見ていただけないでしょうか」

「せっかくですが、やはり次回にします。祖母の入居費用は父が払うんです。ですから、部屋は父や祖母に見てもらったほうがいいと思うんですよ」

「そうされますか」

「はい。一週間ほど経《た》ったら、父と祖母を連れてきます。その節は、よろしくお願いします」

「わかりました。中村さん、お名刺を頂戴できますか」

「あいにく名刺を切らしてしまったんです。連絡先を書きましょう」

唐木田は手帳にでたらめな住所と電話番号を走り書きし、その頁《ページ》を引き千切《ちぎ》った。

坪内がメモを短く眺め、上着のポケットに入れる。

「きょうはありがとうございました」

唐木田は坪内に謝意を表し、高齢者マンションを出た。レクサスに乗り込み、いったん『悠楽園ホーム』から遠ざかった。

唐木田は、あたりを一周してから、車を『悠楽園ホーム』の少し手前に停めた。静かに車を降り、門扉《もんぴ》の近くの暗がりに身を潜《ひそ》める。

三十分ほど過ぎたころ、縁なし眼鏡をかけた女性職員がアプローチの向こうから歩いてきた。地味な私服だった。

唐木田は相手が門の外に出てきてから、穏《おだ》やかに話しかけた。

「さっきはありがとうございました」

「いいえ、どういたしまして。理事長、お部屋にご案内したんでしょうか？」

「いいえ、それは次回に見せてもらうことになったんです」

「そうですか」

「坪内さんのお話だと、最近、出入りの食材納入業者を変えたそうですね？　わたしの祖母は添加物の入った食品を嫌ってるんですよ。それで、どういう業者なのかと思いましてね」

「精肉、鮮魚、青果、それから乾物屋さんもオープン当時から、ずっと同じ業者さんですよ」

「えっ、そうなんですか⁉　坪内理事長は、なぜ、あんなことを言ったんだろうか」

「理事長は何を言ったんでしょう？」

　相手が問いかけてきた。唐木田は新興宗教に熱心な青年のことを明かした。

「出入り業者の中に、そういう方はいませんよ。理事長、何を考えてるのかしら？」

「これは坪内さんには内緒にしといてもらいたいんですが、祖母を入居させるのは何となく不安なんですよね」

「どうしてなんです？」

「ほら、三人の入居者の方が相次《あいつ》いで失踪したでしょ？　それから、元職員の方も七人ね。三人の高齢者の方は、ふだんから徘徊《はいかい》してたんですか？」

「いいえ、三人とも認知症の症状はまったく見られませんでした。二人の男性は読書好きで、頭はしっかりしてました。女性も朗《ほが》らかな性格で、ホームの方々ともうまくいってたんですよ。三人がここでの生活に厭気《いやけ》がさして、自分で出ていったとは思えません。外出時に何者かにさらわれてしまったんじゃないのかしら？　捜査関係者やマスコミ各社の大部分はそういう見方をしてるようですが、未《いま》だに三人の行方がわからないんです」

「失踪中の元職員の七人は、リストラ解雇されたようですね？」

「ええ、そうです」

「その方たちは、すんなり退職されたんですか？」

「三人の男性スタッフは不当解雇だと異議を唱《とな》えて、職場にしばらく通ってたんです。でも、理事長が警備保障会社のガードマンたちに三人をホームの敷地内に入れないようにさせたんですよ」

「それで、その三人は職場に近づかないようになったわけか」

「ええ、そうなんです。彼らは、まだ給料の一部と退職金を貰ってないはずです。お金を貰ったら、解雇を認めたことになるでしょ？」

「そうですね。ほかの四人は、すんなりリストラに応じたんですか？」

「渋々だったと思います。理事長は柄の悪い連中とつき合いがあるみたいだから……」

「そいつらは暴力団関係者ってことですか?」

「いいえ、やくざじゃないと思います。髪を金色に染めた二十歳《はたち》前後の若い男たちですから」

相手が答えた。

「その連中は、『悠楽園ホーム』の周辺をうろついてたことがあるのかな?」

「ええ、何度も見かけました。建物の中には入ってきませんでしたけど、入居者やスタッフの様子を外から窺《うかが》ってました。いま思うと、何かの下見だったのかもしれません」

「三人の入居者が失踪する前に、そいつらは現われました?」

「お三方がいなくなる前夜か、前々日に来てましたね。あっ、もしかしたら、あの男たちが入居者をどこかに連れ去ったのかもしれないわ」

「その疑いはありそうだね」

「それから、ひょっとしたら、やめた元スタッフの七人も……」

「そうなんだろうか。話は前後しますが、行方不明の入居者三人に何か共通点はあります?」

「三人ともかなりの資産家なんですけど、揃って息子さん夫婦との折り合いがよくないようですよ」

「そうですか」

「あのう、あなたは刑事さんか新聞記者なんじゃありませんか？」

「いいえ、ただのサラリーマンですよ。でも、推理小説が大好きなんです。それで、未解決の事件には人一倍、興味を持ってるんです。ただ、それだけですよ」

「そうですか。あのう、もうよろしいでしょうか？」

「ええ。引き留《と》めてしまって、ごめんなさい。いろいろ参考になりました。ありがとう」

唐木田は礼を述べ、眼鏡の女性に背を向けた。しばらく車の中で、『悠楽園ホーム』を張り込むつもりだった。

4

欠伸《あくび》を噛み殺した。

ちょうどそのとき、『悠楽園ホーム』からシルバーグレイのシーマが走り出てきた。ステアリングを握っているのは、坪内理事長だった。午後八時半を回っていた。

唐木田はシーマが遠ざかってから、レクサスのヘッドライトを点けた。シーマは世田谷通りに出ると、東京方面に向かった。

行き先の見当はつかなかったが、気晴らしのドライブではなさそうだ。

唐木田は一定の車間距離を保《たも》ちながら、坪内の車を追尾しつづけた。やがて、シーマは多摩川を越えた。そのまま直進し、国立大蔵病院の先にあるファミリーレストランの広い駐車場に入った。

唐木田もレクサスを駐車場の外れに停めた。そのとき、坪内が車を降りた。唐木田は坪内の動きを目で追った。

坪内は総ガラス張りの店の中に入ると、窓際の席についた。誰かと待ち合わせをしているらしく、彼は坐るときに腕時計に目をやった。

唐木田は変装用の黒縁眼鏡をかけ、ごく自然に車を降りた。ファミリーレストランに入り、坪内のいる場所から死角になる席に坐った。

空腹だったが、のんびりと夕飯を喰《く》っている場合ではない。

唐木田はウェイトレスにブレンドコーヒーだけを注文し、煙草をくわえた。坐り直す振りをしながら、坪内の様子を窺う。

坪内は何か考え込んでいるようだった。

従弟の祖父江を心ならずも葬ってしまったことを悔やんでいるのか。それとも、誰かが祖父江を殺害する気でいることを知りながらも何も口出しできなかった自分の腑《ふ》甲斐《がい》なさを恥じているのだろうか。

どちらにしても、坪内は何らかの形で祖父江殺しに関与しているはずだ。だから、出棺時に、思わず死者に詫びる言葉を呟いたのだろう。

ブレンドコーヒーが運ばれてきた。

唐木田は短くなったラークマイルドの火を揉み消し、コーヒーをひと口啜《すす》った。カップを受け皿に戻したとき、坪内の前に二十四、五歳の茶髪の男が坐った。ずんぐりとした体型で、色が浅黒い。

茶髪の男は飲みものをオーダーすると、前屈《まえかが》みになった。坪内も身を乗り出した。離れすぎていて、二人の会話は聴こえなかった。手洗いに立つ振りをして、坪内たちのテーブルの脇を通れば、遣《や》り取りの一部は耳に届くだろう。

しかし、坪内には顔を知られている。変装用の黒縁眼鏡だけでは見破られる恐れがあった。唐木田は動かなかった。

二十分ほど経《た》つと、坪内だけが店を出ていった。茶髪の男は携帯電話を取り出し、数字キーを押しはじめた。

どちらを尾行すべきか。

唐木田は一瞬、迷った。すぐに茶髪の男をマークすることにした。茶髪の男は、電話を二度かけた。仲間か誰かをファミリーレストランに呼びつけたのか。
十五、六分すると、茶髪の男の目の前に二十歳《はたち》そこそこの若者が坐った。金髪のパンキッシュ・ヘアだった。

少し遅れて、やはり同世代の短髪の男がやってきた。片方の耳にピアスを光らせている。二人の若者は、ともに崩れた印象を与えた。遊び好きのプータローなのかもしれない。

茶髪の男が二人の若者の顔を交互に見ながら、何か指示を与えた。若者たちが神妙な顔つきでうなずいた。

ほどなく三人は腰を上げた。

唐木田も伝票を抓《つま》み上げ、おもむろに立ち上がった。三人が先に外に出た。唐木田は支払いを済ませ、すぐさま表に飛び出した。

三人はブロンズカラーのエスティマに乗り込んだ。

運転席に坐ったのは、茶髪の男だった。二人の若者は後ろのシートに並んで腰かけた。

唐木田はレクサスに急いで乗り込んだ。エンジンをかけたとき、ブロンズカラーのエスティマが発進した。

唐木田はエスティマを尾行しはじめた。

エスティマは世田谷通りから玉川通りを辿《たど》り、渋谷に出た。道玄坂の途中で路肩に寄った。金髪のパンキッシュ・ヘアと短髪の二人だけが車を降り、通りかかる若い女に次々に声をかけはじめた。

ナンパの目的は何なのか。引っかかった娘をモーテルにでも連れ込む気なのか。あるいは、風俗嬢のスカウトをしているのか。

唐木田は車の中から二人の若者の動きを観察しつづけた。若い女が何人も立ち止まったが、二人の誘いに乗る者はいなかった。

茶髪の男がエスティマの中から二人の若者に何か言った。二人はばつ悪そうに笑い、エスティマの中に戻った。

どうやら場所を変えるつもりらしい。

唐木田は喫《す》いかけの煙草の火を消した。エスティマが道玄坂を下《くだ》り、文化村通りに入った。ふたたび車はガードレールに寄せられた。

さきほどと同じように二人の若い男がエスティマを降り、通りかかる娘たちに片端から声をかけはじめた。だが、軽くあしらわれている。

十分弱で、エスティマは井の頭通りに移動した。二人の若者は意表を衝《つ》く行動に出た。今度は娘たちには目もくれずに、ひとりで歩いている酔った男たちに声をかけはじめたのである。

唐木田は頭が混乱してしまった。彼らの狙いは、若い女の肉体だけではないようだ。少なくとも、セックス・パートナーを漁《あさ》っているのではないだろう。ひょっとしたら、彼らは人間の臓器を欲しがっているのかもしれない。

唐木田は、ふと思った。『悠楽園ホーム』の元職員の男女が七人も失踪している事実から導き出した推測だった。

二人の若者は中年の酔いどれ男たちに笑顔で話しかけているが、エスティマに乗ろうとする者はいない。

また、茶髪の男が二人を車内に戻らせた。

すぐにエスティマは走りだし、渋谷区役所方面に向かった。唐木田はエスティマを追尾しつづけた。

エスティマは代々木公園の脇を抜け、新宿方向に走った。

歌舞伎町で家出少女たちを引っさらう気になったのか。唐木田はそう思いながら、慎重にエスティマを追った。

予想は外れた。エスティマが停まったのは、新宿中央公園の脇だった。

二人の若い男がエスティマから降り、公園の中に入っていった。唐木田は静かに車から出て、二人を尾《つ》けはじめた。

園内の暗がりには、カップルたちの姿があった。金髪のパンキッシュ・ヘアと短髪の若者は痴戯に耽《ふけ》っている男女に露骨な視線を向けたが、接近する素振りは見せなかった。

ただ、ベンチで大胆に交わっているカップルには冷やかしの言葉を投げかけた。それでも男の腿《もも》の上に打ち跨がった若い女は、平然と腰を弾ませていた。

「てめえら、いい加減にしろ！」

短髪の男が小石を拾い上げ、白い尻を覗かせている女の背に投げつけた。ようやく女は、恋人らしい男から離れた。

二人の若者は笑い声をたてながら、遊歩道を進んだ。公園は二つに分かれている。二人は連絡歩道橋を渡り、都庁寄りの公園に足を踏み入れた。

樹木の奥に段ボールでこしらえられた小屋が幾つか見える。ホームレスたちの塒《ねぐら》だ。園内に仮設宿泊施設を建てることは、もちろん違法である。しかし、新宿西口通路から閉め出された路上生活者たちが公然と棲《す》みついていた。その数は少なくない。

二人は、車座になって酒盛りをしているホームレスたちに近づいた。

「金になる仕事があるんだけどさ、誰か手伝ってくれない？」

パンキッシュ・ヘアの男が誰にともなく声をかけた。すると、無精髭《ぶしょうひげ》を長く伸ばした四十代半《なか》ばの男が関心を示した。

「どのくらい貰えるんだい？」

「一日五万だよ、三食付きでさ」

「嘘だろ⁉」

「ほんと、ほんと。作業だって、楽なんだ」

「信じられねえな。どういう仕事なんだい?」

「おじさんさ、胎盤《たいばん》エキスって知ってる?」

「精しく《くわ》はわからねえけど、疲労回復に効《き》いて、美肌効果もあるってやつだろ?」

「うん、そう。おれさ、産婦人科医院から集めた胎盤を製剤化してる会社で働いてんだよ。胎盤からエキスを抽出《ちゅうしゅつ》して、二ミリリットルのアンプルに入れるんだけど、搾《しぼ》りきった胎盤をきちんと袋詰めにしなきゃならないんだ。その廃棄作業を会社でやってほしいんだよ」

「臭《にお》いがきつそうだな」

「臭気はたいしたことないんだけどさ、物が胎盤だからね。なんとなく敬遠されちゃって、人手が足りないんだ」

「きれいな仕事じゃねえけど、日当五万円は魅力あるな。おい、誰か一緒にやらねえか?」

　無精髭の男が仲間を誘った。すると、六十年配の小柄な男が口を開いた。

「やってもいいよ。けどさ、最低十日は仕事をさせてもらいたいね。五十万稼げりゃ、やり直す気になるかもしれないからさ」

「十日と言わずに、ずっと働いてよ。会社には寮もあるんだ」

金髪の若者が言った。

「ほんとに長く働かせてくれるのかい？」

「もちろんだよ。そうしてもらったほうが会社もありがたいんだ」

「一カ月フルで働いたら、百五十万だな」

「税金を引かれても、百万以上にはなるよ」

「夢みたいな話だな」

小柄な男は無精髭の男と顔を見合わせ、顔を綻《ほころ》ばせた。そのとき、カップ酒をちびちびと飲んでいた四十歳前後の男が低く呟いた。

「危ねえ、危ねえ！　そんなうまい話があるわけねえよ」

「おまえ、友達の商工ローンの連帯保証人になって文無しになったからって、マイナス思考はよくないぞ」

無精髭の男が言い返した。

「あんたたち、欲に目が眩《くら》んだら、とんでもない目に遭《あ》うぜ。悪いことは言わないから、おいしいバイトは諦《あきら》めたほうがいいって。ここで、呑気《のんき》に暮らそうや」

「おれは、いつか再起したいと思ってたんだ。そっちがなんと言おうと、おれは話に乗るぜ。這《は》い上がる絶好のチャンスだからな」

「そこまで言うんだったら、好きにしなよ」

カップ酒の男が肩を竦《すく》めた。金髪のパンキッシュ・ヘアが無精髭と小柄な六十男を立たせた。

「今夜から会社の寮に泊まりなよ。車で寮まで送るからさ」

「遠いのかい？」

六十年配の男が訊いた。

「いや、割に近いんだ。二人とも風呂に入って、ゆっくりと寝《やす》みなよ。六畳の和室だけどさ、個室を使えるんだ」

「そいつはありがたいね。これで、また人並の暮らしができるのか。嬉しいね。兄ちゃんの顔が仏さまに見えてきたよ」

「オーバーだな。うちの会社の奴は、みんな、すごく気がいいんだ。二人とも働きやすいと思うよ」

「よろしく頼むな」

「オーケー！　それじゃ、行こう」

パンキッシュ・ヘアは相棒に目配せし、二人のホームレスを促《うなが》した。四人は前後になりながら、遊歩道を辿りはじめた。

唐木田は男たちに声をかけたい衝動をぐっと抑え、彼らの後《あと》につづいた。四人は連絡歩道橋を渡り、公園の外周路に出た。

唐木田は四人の男がエスティマに乗り込むと、レクサスに駆け寄った。エスティマは甲州街道に出ると、初台《はつだい》方向に進んだ。胎盤エキスの製剤会社の寮は、どこにあるのか。

唐木田はエスティマを追走しつづけた。

エスティマはひたすら道なりに走り、やがて武蔵野市吉祥寺北町二丁目にある白い三階建ての建物のある敷地内に入っていった。病院のような造りだが、看板も表札も掲《かか》げられていない。

レクサスを停めたとき、エスティマのスライドドアが開けられた。

最初に降りたのは、金髪の若者だった。次いで、無精髭、六十男、短髪の男の順に降りる。四人が建物の玄関に向かうと、運転席から茶髪の男が出てきた。

ほどなく五人は白い建物の中に消えた。

唐木田はレクサスを降り、門まで歩いた。

門柱の向こう側に、大きな白い看板が転がっている。

唐木田は近寄り、文字を読んだ。『医療法人・慈愛会病院』と記《しる》してあった。どうやら廃業した病院らしい。病院名の下には、里村拓《さとむらたく》という院長名も書かれている。建物の一階だけ明るく、二階と三階は真っ暗だった。

唐木田はレクサスの運転席に戻り、浅沼の携帯電話の短縮番号を押した。待つほどもなく電話が繋《つな》がった。

「ドク、おれだよ。吉祥寺にある『医療法人・慈愛会病院』について知ってることがあったら、教えてほしいんだ」

「そこは、この春に倒産した総合病院ですよ。去年一年間に初歩的なミスによる医療事故を二度も起こして、廃業に追い込まれたんです」

「そうか。院長をやってた里村拓という人物については？」

「名前だけは記憶してますが、個人的なことは何もわかりません。しかし、その気になれば、調べる方法はあります。医者は割に横の繋がりがありますんでね」

「それじゃ、里村と潰《つぶ》れた病院に関する情報集めを頼む」

「わかりました。チーフ、その後、何か動きがあったようですね？」

「ちょっとな」

唐木田は経緯《いきさつ》をかいつまんで話した。

「坪内昌治が茶髪の男たち三人を使って、三人の入居者と七人の元職員を拉致させたのかもしれませんね」

「おれもそう睨《にら》んだんだ。そして、坪内と里村拓は何かで繋がってるな」

「その疑いはありそうですね。金髪の坊やは胎盤エキス製剤の仕事の下働きをしてくれって二人の路上生活者を誘ったって話でしたよね、確か？」

「ああ、そう言ってたよ。病院を潰してしまった里村は、胎盤エキスの製剤化で糊口《ここう》を凌《しの》いでるんだろうか」

「それは、ちょっと考えられませんね。胎盤エキス製剤は、福岡県の業者がほとんど独占製造販売してるんですよ。九州各県の産院と契約を結んで、月間で二千五百体前後の胎盤を手に入れてるんです。おれのとこでも若返り療法の一つとして、胎盤エキス注射を患者に打ってますが、新規の業者が参入できる余地はありません。胎盤エキス注射はしばしば週刊誌なんかで取り上げられてますが、保険が適用されないんで、需要は大きくは伸びてないんです」

「そうなのか。それじゃ、金髪のチンピラはもっともらしい話で釣って、二人のホームレスを廃病院に連れ込んだんだな」

「ええ、おそらくね。その二人は、臓器を無断で抉《えぐ》り取られるんじゃないのかな。あるいは、別のパーツを摘出されるのかもしれません」

「別のパーツ？」

「欧米には、人体部品を販売してる会社があるんです。たとえば、アメリカのアトランタ州にあるクライオライフ社は心臓弁、血管、軟骨、アキレス腱《けん》なんかを加工して、製品として全米はもちろん、世界各国の病院に売ってます。冷凍パックされた心臓弁は日本円で八十三、四万です。アキレス腱が三十万円ぐらいだったかな。この種の人体部品ビジネスは有望株なんです」

「しかし、日本では法で規制されてるんだろう？」

「ええ、営利を目的とした人体部品の提供は禁じられてますね。しかし、その気になれば、非合法ビジネスは成り立つでしょう。外国から人体部品を買うと、割に値が張りますし、取り寄せるのにも時間がかかるんですよ」

「倒産した病院なら、摘出した人体部品を冷凍保存して、いつでも注文に応じられるわけだ」

「ええ、そうですね」

「七人の元職員たちは、廃病院であらゆるパーツを抜き取られて、遺体をどこかに棄《す》てられたんだろうか」

「考えられますね」

「『悠楽園ホーム』から消えた三人の高齢者のパーツは、それほど商品価値があるとは思えないんだが……」

「その三人は、里村の手によって、安楽死させられたのかもしれません」

「安楽死だって⁉」

「ええ。モルヒネを二十ミリグラムいっぺんに投与すれば、人間は眠ったまま死の世界に入っていきます。鎮静剤で眠らせてから、筋弛緩剤《きんしかんざい》を投与する方法もありますね。

年々、寿命が延びてますけど、必ずしも長寿を願う者ばかりではないでしょう。それから、親に長生きしてほしくないと願ってる子もいるはずです」

「ホームの女性スタッフの話によると、行方のわからない三人の高齢者は息子夫婦と折り合いが悪かったらしいんだ」

「チーフ、それですよ！」

浅沼が声のトーンを高めた。

「里村は坪内に頼まれて、三人の入居者を薬殺した？」

「ええ。そうすれば、それぞれの息子夫婦には遺産が転がり込みます。坪内も新規の入居者から多額な一時金を貰えるわけです。安楽死をビジネスにした里村にも、少なくない謝礼が入るでしょう。もしかしたら、里村は末期癌患者を安楽死させてるのかもしれないな。オランダでは安楽死は合法ですが、日本では殺人と見なされてます」

「そうだな。欧米社会では個人の〝死ぬ権利〟を尊重する傾向があるから、ベルギー、オーストラリア、アメリカなどで安楽死合法化の動きがある」

「ええ。しかし、日本で安楽死が合法化される見通しはないでしょうね。一九九一年に末期癌患者に塩化カリウムを注射した大学病院のドクターは殺人罪で起訴されました」

「昔、そんなことがあったな。ドク、仮に里村が安楽死ビジネスをやってたとしても、死亡診断書はどうするんだ？　ごまかしようがないだろうが？」

　唐木田は素朴な疑問を口にした。

「死亡診断書なんて、いくらでも操作ができますよ。さっき医者は横の繋がりがあると言いましたが、縦の結びつきも強いんです。医大の大先輩に何か頼みごとをされたら、まず断れません。里村が安楽死させた老人を自分のとこで死んだことにしてくれる後輩は、何人もいると思います」

「そんなもんなのか」

「ええ、そんなもんですよ。それはそうと、里村と坪内が共謀して、例のフローズン・ハートを詐取させたんじゃないのかな。自分の病院を倒産させた里村も、赤字経営に悩んでる坪内も喉から手が出るほど金が欲しかったはずですからね」

「それは、その通りだろうな。そして、坪内の従弟の祖父江も借金だらけだった。で、祖父江も一枚噛む気になった。そうして、結局は矢島と高垣が汚れ役を引き受けた。矢島は祖父江の背後に坪内がいることを知って、何か揺さぶりをかけた。その結果、元ホストは若死にすることになった。祖父江は、坪内や里村と何かで揉めて、やっぱり始末されてしまった。そういうストーリーができ上がるんだが、おれはまだ闇の奥に誰かがいるような気がしてならないんだ。ただの勘なんだがな」

「里村拓の交友関係をとことん調べてみますよ」

「ああ、そうしてくれ」

「そうそう、おれのとこに岩上の旦那から電話がありました。それで、千晶ちゃんのことを聞きました。妊娠してなくて、よかったですよね？」

「そうだな」

「チーフは、茶髪の男の正体を突きとめる気なんでしょ？」

「ああ」

「気をつけてください」

浅沼が通話を打ち切った。

唐木田は携帯電話を耳から離し、前方に目を据えた。

第五章　魂のない男たち

1

ヘッドライトの光が街灯を照らした。

ほどなく廃病院の表門からエスティマが出てきた。車内の人影は三つだ。午後十時過ぎだった。

唐木田はレクサスを発進させた。

エスティマは数百メートル走り、吉祥寺パルコ裏にあるカラオケ館の駐車場に入った。唐木田も同じ駐車場にレクサスをパークさせた。

エスティマの運転席から、茶髪の男が降りた。少し遅れて金髪のパンキッシュ・ヘアと短髪の二人が車内から現われた。三人は何か談笑しながら、カラオケ館の中に消えた。

唐木田はラークマイルドをゆったりと喫《す》った。それからトランクのオープナーを引き、車の後部に回る。

トランクルームのスペアタイヤ収納スペースの中に、上海マフィアたちから奪ったマカロフＰｂとトカレフを隠してあった。柳沢から巻き上げたコルト・ガバメントは、グローブボックスの中だ。

唐木田は周《まわ》りに人目がないのを確認してから、ロシア製のサイレンサー・ピストルを摑み上げた。拳銃を腰の脇に差し込み、素早くトランクリッドを閉める。

自然な足取りでエスティマに近寄り、ピッキング道具でドア・ロックを解除した。運転席に坐り、グローブボックスから車検証を取り出す。

唐木田はライターの炎を車検証に近づけた。エスティマの所有者は、『悠楽園ホーム』になっていた。これで、坪内と里村が繋がった。

唐木田は車検証をグローブボックスの中に戻し、助手席のシャツジャケットを手に取った。胸ポケットに運転免許証が入っていた。

唐木田はライターの炎で、運転免許証の持ち主を調べた。

運転免許証には、茶髪の男の顔写真が貼ってあった。高垣満だ。現住所は、以前の所番地のままだった。

唐木田は高垣の運転免許証を自分の上着のポケットに突っ込み、改めて車内を検《しら》べてみた。赤坂の檜町公園で矢島を射殺したのは高垣かもしれないと思ったからだ。

だが、凶器のデトニクスは見つからなかった。

唐木田はエスティマを降り、カラオケ館に足を踏み入れた。受付に歩み寄り、若い女性従業員に模造警察手帳を見せる。

「うち、別に危《ヤバ》いことはしてませんよ」

相手が言った。迷惑そうな顔つきだった。

「そういうことじゃないんだ。ある事件の容疑者が少し前にここに入ったんだよ」

「ほんとですか⁉　どんな奴なんですか？」

「三人組だよ。リーダー格の男はずんぐりした体型で、茶髪だ。ほかの二人は金髪のパンキッシュ・ヘアと耳にピアスをした髪の短い奴なんだがね」

「その三人なら、三階の三〇一号に案内しました」

「そうか。店に迷惑はかけないつもりだが、三階にいる別の客たちが騒ぎに気づいたら、うまく鎮《しず》めてほしいんだ」

「は、はい。店長に、そうするよう伝えます」

「よろしく！」

唐木田はエレベーターで三階に上がった。

三〇一号室はエレベーターホールの右端にあった。唐木田はドア越しに三〇一号室を覗いた。

金髪の男がマイクを握っていた。その両隣に高垣とピアスの男が坐っている。高垣が手前側だ。

　唐木田は、いきなりドアを開けた。

　パンキッシュ・ヘアの男がラップ調の歌を中断させ、尖《とが》った目を向けてきた。短髪の男も挑発的な眼差《まなざ》しになった。

「なんだよ、あんた！」

　高垣がソファから立ち上がった。唐木田は腰からマカロフPbを引き抜いた。

「このサイレンサー・ピストルは真正銃《しんせいじゅう》だ。そいつを忘れないことだな」

「ど、どういうことなんだよ、これは？」

　高垣が舌を縺《もつ》れさせ、リモコンで音楽を止めた。それから、ソファに腰を戻した。

「おまえ、高垣満だな？」

「な、なんで、あんたがおれの名前を知ってんだよ⁉　警察？」

「刑事がロシア製の拳銃を持ってるかい？」

「持ってるはずねえよな。あんた、何者なんだ⁉」

「おれのことは詮索《せんさく》しないほうがいい」

　唐木田は言って、マカロフPbのスライドを引いた。金髪の男がわなわなと震えはじめた。

「怕《こわ》いか？」

「頼むから、撃たねえでくれ」

「おれに逆らわなければ、撃ったりしない。おまえの名は？」

「大谷《おおたに》だよ」

「隣のピアスをしてるのは？」

「前野《まえの》ってんだ」

大谷と名乗ったパンキッシュ・ヘアが答え、かたわらの短髪に顔を向けた。短髪の若者が無言でうなずいた。顔面蒼白だった。二人とも銃口を向けられたのは初めてなのだろう。

「おまえが矢島滋とつるんで渋谷の大病院からフローズン・ハートを騙し取って、レシピエントの父親に移植用心臓を二億円で買い取らせたことはもうわかってるんだ。空とぼけても無駄だぜ」

「おれ、矢島ちゃんに頼まれて車の運転をしただけだよ」

「それだけじゃないだろうが。おまえは、まんまと手に入れた二億円を祖父江護か誰かに届けたはずだ」

「矢島ちゃんがそう言ったのかよ？」

「まあな」

「嘘だよ、それは。矢島ちゃんが自分で二つの大型ジュラルミンケースを祖父江さんに届けに行ったんだ」

「ま、それはどっちでもいいさ。おまえは二億円をせしめて逃げるとき、老女を撥ねたなっ」

「……………」

「一発見舞ってやるか」

「やめてくれ。慌《あわ》ててたんで、あの婆さんに気づかなかったんだ」

「おまえらは轢き逃げの現場を岩上千晶という高校生に目撃されて、一一〇番されそうになった。で、千晶を車で拉致した。そうだなっ」

「仕方がなかったんだ」

高垣が弁解した。

「矢島は千晶を自宅マンションに監禁し、彼女をレイプした。そのあと、覚醒剤漬けにしたんだな？」

「そうみたいだな。おれ、矢島ちゃんから断片的な話しか聞いてないから、よくわからないんだ」

「矢島はレイプシーンと千晶に覚醒剤を注射するとこをCCDカメラに撮《と》ってた。奴は、その画像をすべておまえに預けてあると言ってた」

「それも大嘘だよ。おれ、録画画像なんか預かってない。ほんとだってば」

「おまえが正直者かどうか、テストしてみよう」

唐木田はサイレンサー・ピストルの先端を高垣の額に押し当て、引き金の遊《あそ》びをぎりぎりまで絞り込んだ。

「ほんとに、預かってねえよ」

高垣は泣き出しそうな顔で言い、短い叫びをあげた。次の瞬間、股間が濡れはじめた。恐怖から尿失禁してしまったのだ。

「画像の件は信じてやろう」

唐木田はマカロフPbを高垣の額から離した。大谷と前野が相前後して、高垣におしぼりを手渡した。

高垣は憮然《ぶぜん》とした顔で二つのおしぼりを受け取ると、ブルージーンズの染《し》みを拭《ぬぐ》いはじめた。ソックスまで小便を吸っていた。

「フローズン・ハートを手に入れろと矢島に言ったのは、祖父江だな?」

「そうだよ」

「しかし、祖父江がひとりで絵図を画《か》いたわけじゃなかった。奴は、従兄《いとこ》の坪内昌治と共謀してた。おまえが乗ってるエスティマは、『悠楽園ホーム』の名義になってた」

「………」

「おまえは坪内にうまく取り入って、邪魔者の矢島を赤坂の檜町公園で撃ち殺したんじゃないのか。六本木の『ローザ』の近くで矢島を無灯火の車に乗せて、このおれを轢こうとしたのはおまえなんだろうが！」

「矢島ちゃんを車に乗せたのは、確かにおれだよ。けど、殺しちゃいない。矢島ちゃんは公園で小便したいと言って、ひとりで中に入っていったんだ。そのあと、誰かに頭を撃ち抜かれたんだよ」

「もっともらしい話だが、少々、都合がよすぎないか。え？」

唐木田はサイレンサー・ピストルを高垣の心臓部に押し当てた。高垣の頰が引き攣《つ》った。

「凶器のデトニクスは、どこかに棄《す》てたんだな？」

「おれは矢島ちゃんを殺しちゃいねえよ。彼のほうが年上《や》だったけど、おれたちは親友《マブダチ》同士だったんだ。そんな矢島ちゃんを殺るわけないじゃねえか」

「次の質問だ。おまえ、坪内とは以前からの知り合いだったようだな？」

「おれ、ホストクラブの調理の仕事をやめたとき、矢島ちゃんのマンションの大家の祖父江さんの紹介で『悠楽園ホーム』で二カ月ほど調理の手伝いをしたことがあるんだ。あまり面白くない職場だったんで、長続きはしなかったけどさ」

「しかし、坪内理事長とは個人的につき合ってたわけか」

「別につき合ってたわけじゃないよ。半年ぐらい前に坪内さんから電話があって、ちよっと手伝ってもらいたいことがあるって言われたんだ」

「それは、『悠楽園ホーム』の入居者三人と元職員を七人、引っさらう仕事だな」

「えっ、いや……」

「もう観念しろっ」

唐木田は声を荒らげた。

「そ、そうだよ。おれは大谷と前野に手伝ってもらって、十人を拉致したんだ。こいつら、遊び仲間なんだよ」

「おまえらは拉致した十人の男女を坪内に言われた通りに、『医療法人・慈愛会病院』の院長をやってた里村拓に引き渡したんだな？」

「ああ、そうだよ」

「里村は廃病院の手術室かどこかで、拉致した元職員たち七人の内臓、心臓弁、血管、アキレス腱なんかを抜き取ったな？　そして、三人の高齢者は薬殺したんじゃないのかっ」

「おれたちは十人がどうなったか、誰も知らないんだ。なあ？」

高垣が大谷と前野に相槌を求めた。二人は何度もうなずいた。

「坪内は、拉致の成功報酬をどのくらい出したんだ？」

「ひとり三十万円だよ」

「おまえらは今夜と同じように盛り場で人間狩りを繰り返してたな。きょうは新宿中央公園でホームレスの男を二人しかゲットできなかったが、いつもは家出娘や酔った男たちも騙して里村んとこに連れ込んでたんだろっ」

「それは……」

「口ごもってるうちに、銃弾が体にめり込むことになるぞ」

「撃つな、撃たないでくれーっ。あんたの言った通りだよ。これまでに六十人ぐらいの人間を拉致した。住所不定と思われる連中を狙ったんで、新聞沙汰にはなってないみたいだけどさ」

「おまえ、新宿中央公園で二人の路上生活者に胎盤エキス製造関係の仕事をしないかと誘ってたな？」

唐木田は大谷にサイレンサー・ピストルを向けた。大谷が目を剝《む》き、のけ反った。

頭をプリント合板壁に打ちつけたが、前野も高垣も笑わなかった。

「タカさんがそういう話で釣れって言ったんですよ。そうだよね、タカさん？」

大谷が高垣に顔を向けた。

「ああ。でも、それはおれのアイディアじゃないんだ」

「里村がそう言えと知恵を授《さず》けたんだな？」

唐木田は確かめた。

「そうなんだ。おそらく、胎盤エキスなんかこしらえてないと思うよ」

「おまえら、里村の病院にちょくちょく出入りしてるな？」

「獲物をゲットしたときは、いつも里村ドクターに直《じか》に引き渡してるんだ。ドクターは、すぐに獲物を麻酔注射で眠らせてる。けどさ、ドクターが何をしてるのかは、ほんとうに知らないんだ。里村ドクターは、おれたちを絶対に手術室や病室には近寄らせないんだよ」

「廃病院には、里村のほかに誰かいるのか？」

「いつもってわけじゃないけど、体格《ガタイ》のいい三十代の男がいるね。里村ドクターは、そいつのことを医療経営コンサルタントだと言ってたよ。けどさ、どう見ても用心棒って感じだね。債権者がよく押しかけてきて、高額な医療機器を持ち出そうとするんだ。そういうときは、望月《もちづき》って筋肉マンが債権者たちを追っ払ってるんだよ」

「里村は病院を再建するつもりでいるんだな？」

「そうみたいだぜ。だから、医療機器やベッドを債権者が借金の形《かた》に運び出そうとすると、ものすごい剣幕《けんまく》で怒るんだ。債権者たちに消火器の噴霧《ふんむ》を浴びせたり、屑入《くずい》れを投げつけたりね。五十六らしいけど、まるで子供みたいだよ」

「里村は倒産した病院に泊まり込んで、債権者たちが高額医療機器やベッドを持ち出さないよう見張ってるのか？」

「そうみたいだね。でも、たまには永福町の自宅に戻ってるんだと思うよ。いつも小ざっぱりとした服を着てるから」

「まだ里村は、廃病院にいるな？」

「今夜は泊まるんじゃねえかな。ホームレスのおっさんたちを麻酔で眠らせたからね」

「二人のホームレスが眠ってるうちに、臓器やパーツを摘出する気なんだろう」

「そのあたりのことは、わからないんだ」

「望月って体格のいい男は？」

「おれたちがホームレスのおっさんたちを届けたときは、待合室のベンチに寝転がってたよ。あの男、お巡りか自衛官崩れなんじゃねえのかな」

　高垣が言った。

「なぜ、そう思った？」

「望月の目の配り方が独特なんだよ。疑い深そうな目つきで、周囲を素早く見回すんだ。それに、動作もきびきびしてるね」

「それでか」

「それから、あの男、どうも拳銃を持ってるようなんだ。いつも必ずたっぷりとした上着を羽織《はお》って、たいてい前ボタンを掛けてんだよ」

「それじゃ、その望月って奴が矢島と祖父江を始末した可能性もあるな」

「きっとそうだよ。望月は冷血動物みたいな感じだから、平気で人殺しもやれると思うな」

「そうかい」

「おれたちは別に大それたことはしてないんだ。祖父江さんに頼まれて、家出少女やホームレスなんかを拉致しただけで……」

「それだけでも、大罪さ」

「あんた、おれたち三人を警察に突き出すつもりなのかよ⁉」

「警察には別に借りはない」

「それじゃ、おれたちを見逃してくれねえか。祖父江さんから貰った金がまだ何百万か残ってるんだ。それをそっくりやる。それで、目をつぶってくれよ」

「そうはいかない。おまえらはおれと一緒に坪内のとこに行ってもらう。そのあと、全員で里村の病院に行く。弾除《たまよ》けは多いほどいいからな。三人とも立て！」

唐木田は言って、上着を脱いだ。マカロフPbを上着で包み隠す。

高垣たち三人が立ち上がった。唐木田は先に三〇一号室を出て、高垣たちをひとりずつ廊下に出させた。

エレベーターで一階に降り、高垣に料金の精算をさせる。受付には、さきほどとは別の女性従業員が立っていた。

唐木田は高垣たち三人に自分の前を歩かせ、カラオケ館を出た。

「おれも、おまえらの車に乗せてもらう。運転席には高垣が坐れ。あとの二人は、真ん中のシートに並んで腰かけろ。おれは最後列に乗り込む」

「わかったよ」

高垣がエスティマの運転席に入った。大谷と前野が並んで腰かけた。

そのとき、高垣がエスティマを急発進させた。逃げる気らしい。唐木田は横に跳《と》びのいた。エスティマがタイヤを軋《きし》ませながら、車道に飛び出した。

次の瞬間、右手から疾走してきたコンテナトラックがエスティマの車体にまともにぶつかった。土手っ腹だった。

エスティマは横転した。車内で、三人の悲鳴が重なった。

路面にガソリンが洩《も》れ、車体から小さな炎が幾つか噴き出している。コンテナトラックが後退しはじめた。

そのすぐあと、路面の油溜《ゆだ》まりに火が走った。大きな着火音が響き、エスティマは一気に油煙混じりの炎にくるまれた。

高垣たち三人は車内に閉じ込められたままだった。運の悪いことに、開け放った状態のスライドドアは下になっていた。

あっという間に、野次馬が群れた。何人かがバケツの水を撒《ま》いたが、巨大な炎は少しも萎《しぼ》まなかった。

唐木田は後味の悪さを味わいながら、燃えるエスティマを見つづけた。

2

近くに黒いポルシェが停まった。

浅沼の愛車だ。高垣たち三人がカラオケ館の前で事故死してから、およそ一時間が経《た》っていた。

唐木田はレクサスから降りた。『医療法人・慈愛会病院』の裏通りである。電話で浅沼を呼び寄せたのだ。

浅沼がポルシェを降り、大股で歩み寄ってくる。黒ずくめだった。二人は里村が潰した病院に忍び込むことになっていた。

「ドク、用心のために持ってろ」

唐木田は浅沼にトカレフを渡した。上海マフィアから手に入れた拳銃だ。唐木田自身は、マカロフPbをベルトの下に差し込んであった。

「トカレフには、いわゆる安全装置はないんでしたよね？」

「ああ。ハーフコックにしておかないと、暴発するから注意しろ」

「わかりました」

浅沼が撃鉄《ハンマー》を半分だけ起こした状態のトカレフを脇腹のあたりに帯びた。

「ドクが来る前に、病院の周囲をチェックしてみたんだ。防犯カメラは設置されてなかった。多分、敷地内にも赤外線スクリーンは張り巡らされてないだろう。さっき野良猫が敷地を斜めに横切って、病院の向こう側まで歩いていったんだ。しかし、警報ブザーは鳴らなかった」

「そうですか。それなら、建物の中に忍び込むのは簡単そうだな」

「ああ、それはな。しかし、院内のどこかに望月という体格のいい番犬がいるはずだ。ドク、油断は禁物だぞ」

「了解！　里村は医療事故で患者の信用を失う前から、赤字経営に苦しんでたようです。医者仲間たちから聞いた話なんですが、里村は競走馬を三十頭も持ってたらしいんですよ。それも一頭七、八千万円もするサラブレッドを買い集めてたというんです。しかし、血統のいい持ち馬も脚《あし》を痛めたりして、ほとんど賞金は稼いでくれなかったようです」

「それで、本業の病院の利益を馬の維持費に流用してたんだな？」

唐木田は確かめた。

「ええ、そうらしいんです。もう十年以上も前から、どこも病院経営は楽じゃなくなってるんです。無理をしてでも最新の高額医療機器を入れて、病室もきれいに保《たも》ってないと、たちまち患者数が減ってしまうんですよ」

「そうだろうな」

「医療スタッフの人件費も経営を圧迫してます。院長にかなりの経営センスがないと、黒字は出しにくくなってるんです」

「そういう状況なのに、金のかかる副業に手を出したら、自分で自分の首を絞めてるようなもんだな」

「ええ、その通りですね。その上、二度の医療事故を起こしちゃったら、倒産するのは当然ですよ」

「ま、そうだな。しかし、五十六歳の里村がどこかの勤務医として再起を図る気にはなれないだろう。ずっと院長をやってたというプライドもあるだろうからな」

「ええ、まあ。この病院はベッド数百数十床の小さな総合病院だったわけですが、町の開業医なんかよりもプライドは高かったはずです」

「だから、里村は何が何でも自分の病院を再建したかったんだろう。そして、非合法な手段で金を工面《くめん》する気になった。おおかた、そういうことなんだろうな」

「ええ。例のフローズン・ハートを詐取《さしゅ》することを思いついたのは、里村だったにちがいありません。おそらくレシピエントの父親が用意した二億円は、矢島の手から祖父江、坪内とリレーされて、里村に渡ったんでしょう。そのうちの一部は、この廃病院のどこかにあるんじゃないのかな」

　浅沼が言った。

「ドク、里村が人体部品を密売してる気配は？」

「医者仲間に探《さぐ》りを入れてみたんですが、そういう話は誰からも……」

「そうか。高垣は六十人ぐらいの男女を拉致して、里村に引き渡したと言ってた。彼らのパーツは冷凍保存されてて、まだ密売はされてないんだろうか」

「半年も凍結したままとは思えませんね。おそらく里村は、口の堅い相手だけを選んで心臓弁、血管、軟骨、アキレス腱なんかをこっそり売ってるんだと思います。もちろん、臓器や生首もね。生首は、人工歯根《インプラント》療法の実験に必要なんです」

「非合法安楽死の請け負いについて、何か情報は？」

「それについては、ちょっと気になる噂を小耳に挟みました。里村の病院で働いてた内科医が五カ月ほど前に開業したんですが、高齢の患者が十一人も〝急性肺炎〟で死亡してるというんですよ。そのドクターは波崎秀行《はざきひでゆき》という名で、里村と同じ東都医大出身なんです。何か臭《にお》うでしょ？」

「ああ、臭うな。その波崎って奴は、里村に頼まれて非合法安楽死を請け負ってるのかもしれない」

「おれも、そう直感しました。どんなへぼ医者でも、わずか五カ月で十一人もの患者を死なせるなんて、いかにも不自然です」

「そうだな。常識では考えられないことだ」

「ええ。波崎診療所は世田谷区太子堂《たいしどう》にあるそうです。もしも今夜、里村を押さえられなかったら、おれ、波崎を締め上げてみます」

「ドクひとりじゃ、危険だ。そいつの口を割らせるときは、おれも一緒に行く」

「そうですか。『悠楽園ホーム』から消えた三人のお年寄りは、波崎の手によって塩化カリウムか筋弛緩剤を注入されたのかもしれないな」

「ドク、ちょっと待ってくれ。そうだったとしたら、三人の高齢者の身内には死んだという連絡が当然……」

「ええ、そうですね。三人の身内が坪内を通じて実の親の薬殺を頼んだんだとしたら、すでに密葬を終えてるか、裏献体をしたんでしょうね」

「裏献体？」

唐木田は訊《き》き返した。

「ええ、そうです。大学病院や医療研究所の解剖実習に使われてるのは、正規の献体です。しかし、昔から未登録の死体を解剖実習に使う場合もあるという噂は絶えないんですよ。こないだも話したと思いますが、外国の人体部品販売会社から献体生首を購入したら、三十万円前後は必要です。正規の献体が入手できない場合は、未登録の献体を解剖実習に使う不心得者もいるんじゃないのかな。遺族に内緒で病理解剖しちゃったドクターがいるという噂も幾度か聞いた記憶がありますからね」

「そういう話が現実に起こってるとしたら、恐ろしいことだな」

「ええ、そうですね。しかし、まるで考えられないことじゃないと思います」

「そうか」

「三人の高齢者が波崎に薬殺されてたとしても、死亡診断書の死因の欄に〝急性肺炎〟と書かれてれば、火葬や埋葬の許可は貰えます。それで、それぞれの実子は親の遺産を相続できるわけです。妻や子が末期癌患者を非合法に安楽死させてもらっても、医者がもっともらしい死亡原因を書けば、誰も殺人罪には問われません」

「そういうことを考えると、里村が医大の後輩の波崎という開業医と共謀して、非合法安楽死ビジネスをやってるという疑いもあるな」

「ええ」

浅沼が同調した。

そのとき、唐木田の懐中で携帯電話が打ち震えた。携帯電話を耳に当てると、岩上の声が流れてきた。

「数十分前に生田に着いたんだが、理事長の坪内が外出する様子はないな。玄関ロビーで一度姿を見かけたとき、サンダル履《ば》きだったんだ」

「そう」

「坪内に警察手帳《チヨウメン》見せて、ちょいと揺さぶりをかけてみるか。カラオケ館の前で事故死した高垣たち三人がホームの入居者や元職員だけじゃなく、家出娘や宿なしの男たちも拉致したことを自供《ゲロ》したと誘導尋問すりゃ、案外、あっさり観念するんじゃねえのかな」

「ガンさん、坪内は一筋縄《ひとすじなわ》ではいかない男だよ。理由はどうあれ、従弟の祖父江を抹殺することに積極的に反対した様子は窺えない。なかなかの曲者《くせもの》だと思うな」

「あまり焦《あせ》らねえほうがいいか」

「焦《じ》れったいだろうが、そのまま張り込んでくれないか」

「あいよ。ドクは、まだ吉祥寺に回ってないのかい？」

「いや、少し前に来たとこだよ。これから、二人で廃病院に忍び込む」

「何かあったら、おれもそっちに行かあ」

「ああ、そうしてもらおう」

唐木田は携帯電話を上着の内ポケットに突っ込み、浅沼に目で合図を送った。

二人は裏の通用門を乗り越え、中腰で建物に走り寄った。何事も起こらなかった。

照明が灯《とも》っているのは一階だけだった。

唐木田は両手に布手袋を嵌《は》めてから、特殊万能鍵を使って、裏口の鉄扉《てっぴ》のロックを外した。ピッキングに要した時間は、わずか十秒そこそこだった。

少しずつ灰色のスチール・ドアを押し開ける。リノリウムの廊下は仄暗《ほのぐら》かった。

「医療用大型冷凍庫は、地階にあるんじゃないかな」

浅沼が呟いた。

「そうかもしれない。ドク、先に地階に降りてくれ」

「了解！」

「あとから、おれも行く」

唐木田はベルトの下から、ロシア製のサイレンサー・ピストルを引き抜いた。階段の降り口は、少し先にあった。

浅沼が姿勢を低くして、昇降口に急いだ。唐木田は数秒経《た》ってから、階段の降り口まで進んだ。耳をそばだてる。人の話し声や物音は何も聞こえない。

里村も望月も、すでに寝《やす》んでいるのか。あるいは、電灯を点けたまま二人は夜食でも摂《と》りに出かけたのだろうか。

唐木田は足音を殺しながら、階段を下《くだ》り降りた。

地階の空気は湿っぽかった。真っ暗だ。唐木田はライターの火を点けた。

手前に備品保管室があり、その隣に小部屋が三つ並んでいる。いちばん奥は空調のコントロールルームだった。

ライターを持つ指先が少し熱を帯びてきた。唐木田は炎を消し、手探《てさぐ》りで歩いた。

真ん中の小部屋のドアの隙間から、淡い光が洩れている。懐中電灯の光だった。

唐木田は、その小部屋のドアを細く開けた。

浅沼が懐中電灯を下に向け、大型冷凍庫の中を覗き込んでいた。唐木田は小声で問いかけた。

「ドク、どうだ？」

「人体部品がいろいろ冷凍保存されてます。心臓弁は見当たりませんが、軟骨や血管はたくさんありますね。アキレス腱もあります」

「やっぱり、推測通りだったな」

「ええ」

浅沼が少し横に動いた。

唐木田は浅沼のかたわらに立ち、冷凍庫の中を見た。さまざまなパーツが半透明のポリエチレン袋に入れられ、種類ごとに収納されている。ラベルには、性別、年齢、血液型などが記《しる》してあった。

束《たば》ねられた血管は、スパゲッティを連想させた。アキレス腱は笹身《ささみ》に似ていなくもない。

「行方不明中の七人の元職員のパーツかもしれませんね」

「そうかもしれない」

「人体部品を密売するなんて、医者のやることじゃないですよ」

浅沼が憤《いきどお》りを露《あらわ》にした。

「里村は悪魔に魂を売っちまったんだろう。人の命を救うのが医者の仕事なんだがな」

「最低な奴です。おれが里村の臓器や軟骨をメスで抉《えぐ》り取って、口の中に突っ込んでやりますっ」

「その気持ちはわかるよ」

唐木田は大型冷凍庫のドアを閉めた。

浅沼が足許を懐中電灯で照らしながら、奥に歩《ほ》を運んだ。そこには、冷凍ケースが置いてあった。

浅沼が短い悲鳴を放ち、弾かれたように後ずさった。

「ドク、どうしたんだ⁉」

「冷凍ケースの中に、三つの生首が……」

「えっ」

唐木田は冷凍ケースに歩み寄り、中を覗き込んだ。

男の生首が二つ、女のものがひとつ横一列に並べてあった。どれも表情に苦痛の色は浮かんでいない。麻酔で眠っている間に、首を切断されたのだろう。一様に白っぽく変色している。

「三人とも三十代って感じだな。『悠楽園ホーム』の元職員だろうか」

「きっとそうですよ。医学生のころ、さんざん解剖実習をやらされたんですが、生首を直《じか》に見たのは初めてです。ショックが強かったな。チーフ、もう出ましょうよ」

「医者のくせに、だらしがないぞ」

「チーフは切断部分をよく見てないんでしょ？　捲《めく》れた皮膚の下から、黄ばんだ脂肪がだらりと垂れてたんです」

「いちいちディテールを喋らなくてもいいって。さすがに、おれも吐き気がしてきたよ」

「それじゃ、出ましょう」

浅沼が急ぎ足で廊下に出た。唐木田は浅沼の後につづいた。

二人はそっと階段を昇り、一階に上がった。

レントゲン室、薬剤調合室、会計窓口が並び、待合室を挟んで事務室、医局、院長室のプレートが見える。唐木田は浅沼と背中合わせになると、院長室に向かった。

「望月って用心棒が拳銃を取り出したら、かまわずトカレフの引き金を絞れ。いいな、ドク！」

「ええ、わかりました」

「ためらうなよ。一瞬でも遅れをとったら、ドクは撃たれることになる。相手が倒れるまで撃ちまくるんだ」

「そうします」

二人は院長室の前まで慎重に歩いた。

唐木田は目顔で先に飛び込むと浅沼に告げ、院長室のドアを開けた。長椅子に寝そべっていた五十五、六の銀髪の男が跳ね起きた。

「里村拓だな？」

唐木田はマカロフPbを前に突き出した。

「そうだが、何者なんだ？」

「その質問には答えられない。望月って番犬は、どこにいる？」

「番犬？　いったい何のことなんだね？」

「矢島滋を赤坂の檜町公園で射殺したのは、望月って男なんだろ？　それから、あんたは祖父江護も殺させたなっ」

「誰なのかね。その二人は？」

里村が首を傾《かし》げた。そのとき、唐木田は自分の迂闊《うかつ》さに気づいた。

射入孔の位置から矢島を背後から撃った犯人は、被害者よりも背が低いことははっきりしている。大柄らしい望月が矢島を射殺したのだとしたら、中腰で引き金を絞ったことになる。常識では、そのような不自然な姿勢では撃たない。

事故死した高垣満の嘘に引っかかってしまったようだ。矢島を射殺したのは、ずんぐりとした高垣だったのかもしれない。

「一時間半ほど前に、おれは高垣、大谷、前野の三人をパルコ裏のカラオケ館で締め上げたんだ。連中は『悠楽園ホーム』の入居者三人と元職員の七人を拉致したことを認めた。それから、家出少女やホームレスたち約六十人を騙して、この病院に連れ込んだことともな」

「まったく身に覚えのない話だね」

里村が平然と言った。唐木田はサイレンサー・ピストルで、コーヒーテーブルの上にある大理石の灰皿を撃ち砕いた。破片が里村の顔面に当たる。

「その拳銃は消音器と一体になってるんだな?」

「ああ、そうだ。あんたの急所を順番に撃ちつづけても、近所の者が一一〇番することはないだろう。最初は、どこを撃ってほしい?」

「きみは何か勘違いしてるらしいね」

「ふざけるな。おれは、あんたが高垣たち三人に拉致させた男女を麻酔薬で眠らせてから、血管や軟骨なんかを勝手に摘出してることを知ってるんだ。現に地階の一室には、凍結された血管、軟骨、アキレス腱などがあった。それから、生首も三つな。あんたは、人体部品の密売をやってるはずだ。『悠楽園ホーム』の坪内昌治と結託《けったく》し、祖父江に移植用の凍結心臓を渋谷の大病院から騙し取れと命じた。祖父江は自分の手を汚すことを厭《いと》い、マンションの間借人の矢島を実行犯に仕立てた。矢島は友人の高垣を誘い、まんまとフローズン・ハートを詐取し、レシピエントの父親に二億円で買い取らせた」

「…………」

「それだけじゃない。あんたは坪内と組んで、非合法な安楽死ビジネスもやってるな」

「安楽死ビジネスだって⁉」

里村の声が裏返った。

「空とぼけやがって。あんたは『悠楽園ホーム』にいた三人の高齢者を坪内に頼まれて、どこかで薬殺した。そして、東都医大の後輩の波崎秀行に〝急性肺炎〟で死んだことにしてもらったんじゃないのかっ。行方不明の三人は揃って資産家だったが、それぞれ息子夫婦とうまくいってなかった。おおかた坪内が老人たちの息子夫婦を説得して、あんたに薬殺させたんだろう。そうすれば、三人の息子夫婦たちには遺産が入る。坪内は、ケア付き高齢者マンションの新規入居者から一千万円前後の一時金が転がり込む。もちろん、あんたにもそれ相当の謝礼が入るわけだ」

「わたしを侮辱するな。こう見えても、わたしは『医療法人・慈愛会病院』のオーナードクターだったんだぞ」

「しかし、この病院は倒産に追い込まれ、あんたは債務者になってしまった。馬主になれば賞金をがっぽり稼げると思ってたんだろうが、読みが浅かったな」

「なぜ、そんなことまで知ってるんだ⁉」

「フローズン・ハートで手に入れた二億円は坪内と山分けしたのか。そして、都合の悪くなった祖父江を望月に始末させ、高垣には矢島を射殺させたなっ」

唐木田は語気を強めた。

そのすぐあと、背後で人の揉み合う音がした。拳銃が床に叩き落とされた音も響いた。

唐木田は振り向いた。大柄な男が浅沼の利き腕を捩《ねじ》上げ、S&W《スミスウエッソン》モデル910の銃口をこめかみに押し当てていた。

「望月だな？」

「おれの名は、高垣《かが》あたりから聞いたようだな。仲間の頭を撃ち抜かれたくなかったら、ゆっくりと屈《かが》んで、マカロフPbを足許に置け。それから壁際《かべぎわ》まで後退して、腹這いになるんだっ」

「わかった。おれたちの負けだ」

唐木田は言われた通りにした。望月が浅沼を院長室に引きずり込み、床に這いつくばらせた。浅沼は忌々《いまいま》しげだった。

望月がサイレンサー・ピストルを拾い上げ、自分の拳銃をベルトの下に差し込んだ。

「お客さんたちに特別なもてなしをしてやらんとな」

里村が長椅子から離れ、執務机の向こうまで歩いた。

「おれたちに何をする気なんだっ」

唐木田は里村を睨《ね》めつけた。里村は喉の奥で笑い、足早に近づいてきた。その左手には、金属製の注射器入れが握られていた。

3

悲鳴が耳を撲《う》った。

浅沼の声だった。モーターの唸《うな》りも聞こえる。

唐木田は意識を取り戻した。里村に麻酔注射で眠らされてから、どのくらいの時間が経過しているのか。

薬品棚のある部屋の床に転がされていた。両手首は腰の後ろで縛られている。手首に針金が深く喰《く》い込み、かなり痛い。

閉じ込められている部屋は、それほど広くなかった。どうやら昏睡中に、自分と浅沼は廃病院から別の場所に移されたようだ。

ここは、どこかの診療所なのかもしれない。

「ドク、どこにいる？」

唐木田は大声を張り上げた。すると、仕切り壁の向こうから浅沼の返事があった。

「隣の診察室です。おれたちは、太子堂の波崎診療所にいるんです」

「そっちも体の自由が利かないんだな？」

「ええ。おれ、診察台に仰向けに括《くく》りつけられてるんですよ。波崎は小型電動鋸をおれの首筋に近づけてます」

「波崎！　こっちに来い。おれの相棒には手を出すなっ」

唐木田は怒鳴った。すぐにエンジン音が熄《や》み、仕切りドアが開けられた。
三十三、四の細身の男がゆっくりと近づいてくる。白衣姿だった。
「波崎秀行だなっ」

「やっとおめざめだな」

「ああ、そうだ。おたくは唐木田俊だな。運転免許証を見せてもらったんだ。しかし、札入れは盗《と》ってない。ロシア製のサイレンサー・ピストルと三本のアイスピックは里村先輩が預かってる」

「おれたち二人の首をチェーンソーで刎《は》ねる気なのか？」

「場合によっては、そういうことになるね。しかし、おたくがわれわれに協力してくれれば、少なくとも相棒の浅沼は殺さない。彼もドクターだというから、できれば殺したくないんだ」

「おれに何をさせたいんだ？」

　唐木田は問いかけた。

「全日本臓器移植ネットワークの職員になりすまして、東都医大病院から摘出直後の肝臓を騙《だま》し取ってほしいんだよ。その肝臓は栃木県内の大学病院に搬送されることになってる」

「おれに詐取《さしゅ》させた移植用肝臓をレシピエントの身内に高値で買い取らせる気なんだな？」

「そういうことさ。レシピエントの父親は県内で指折りの金満家なんだ。摘出した肝臓は十二時間以内に移植しなければ、使いものにならなくなる。レシピエントは自分の体に適合する肝臓を一年半も待ってた。父親は一億でも、二億でも出すだろう」

「里村は、おれに矢島と同じことをさせて、また、ひと儲けする気になったわけか」

「矢島？　それは誰のことなんだい？」

　波崎がにやつきながら、問い返してきた。

「しらばっくれやがって」

「おたくが命令に逆らう気なら、すぐ浅沼の人体パーツを抉《えぐ》り取って、首を切断するぞ。そのあとは、おたくの番だ。どうする？」

「凍結された移植用肝臓をうまく騙し取ればいいんだな？」

「そうだ。車と偽の同僚は、こちらで用意する。おたくは東都医大病院の担当医に身分を明かして、アイスボックスを受け取ればいいんだよ」

「わかった。言われた通りにするから、浅沼に会わせてくれ」

「いいだろう」

波崎がいったん屈《かが》み、唐木田を摑み起こした。

唐木田は波崎に片腕を取られ、隣接している診察室に移った。

十畳ほどの広さだった。浅沼は、壁際に置かれた診察台の上に横たわっていた。診察台ごとロープでぐるぐるに縛られている。近くのワゴンには、電動鋸、メス、鉗子《かんし》などが載っていた。

「チーフ、東都医大に行かないでください。どうせおれたち二人は殺されることになるんでしょうから」

浅沼が諦《あきら》め顔で言った。

「そうだとしても、そっちを先に殺させるわけにはいかない」

「おれのことは、もう気にかけないでください」

「そうはいかないよ」

唐木田は浅沼に言って、波崎に向き直った。

「里村とあんたは東都医大の出身だよな？」

「それがどうだと言うんだ？」

「出身医大から移植用肝臓をかっぱらうことに抵抗はないのか？」

「別にないね。医大には高い授業料を払わされた上に、研修医時代は月に七万円しか貰えなかったんだ。少しは元を採《と》らせてもらわないとな」

「クールだな。里村には、どんな借りがあるんだ？」

「特に借りはないさ。ただ、里村先輩の長女と婚約してるんで、ちょっと協力してるだけだよ」

「ちょっと協力してるだけだって？　あんた、自分が何をしてるのかわかってるのかっ」

「おれが何をしたって言うんだい？」

「里村に頼まれて、『悠楽園ホーム』にいた三人の高齢者を病死したことにしてやったんじゃないのか？　あんたは五カ月の間に、十一人もの患者を死なせてる。なぜか全員、死因は〝急性肺炎〟だったそうじゃないか。いくらなんでも不自然だぜ」

「みんな、たまたま同じ死因だったのさ。年寄りは、よく〝急性肺炎〟で死ぬんだよ。警察が怪しんで、行政解剖したいと言ってきたことは一度もないぜ。おれは何も疚《やま》しいことなんかやってない」

「だったら、何もおれたち二人をこんな目に遭《あ》わせることはないだろうが」

「おれは里村先輩に協力してるだけさ。おたくは床に坐っててくれ」

波崎が唐木田の肩口を押し上げ、ワゴンの上のメスを掴み上げた。

「そのメス、おれの物じゃないだろうな」

浅沼が波崎に話しかけた。

「これは自分のメスさ。おたくが持ってたメスとトカレフは、里村先輩が預かってる。それにしても、おたくたちは酔狂だね。捜査関係者でもないのに、里村先輩の周辺をいろいろ嗅ぎ回ってるそうじゃないか」

「おれたちは、狡猾《こうかつ》な悪人が好きじゃないんだ。そういう奴を見ると、とことん懲《こ》らしめたくなるんだよ」

唐木田は話に割り込んだ。

「子供っぽいヒロイズムに酔いたいってわけか。そんなことをして、どんな得があるんだい？」

「その気になりゃ、悪党どもを丸裸にもできる」

「やっぱり、そうだったか。里村先輩は、おたくたちのことを新手の恐喝グループと見てるようだったんだ」

「おれたちは、正義の使者さ」

「似合わないな、そういう冗談は」

　波崎がせせら笑った。

「里村のとこの地下一階に冷凍保存されてる血管、軟骨、アキレス腱は、いずれ国内の病院に売ることになってるんだな？」

「おたく、何か悪い夢でも見たらしいな。里村先輩の病院に、そんなものが冷凍保存されてるわけないじゃないか」

「あくまでシラを切る気か。里村が人体部品を密売してることはわかってるんだ。冷凍ケースの中には、三つの生首が入ってた。あれは、『悠楽園ホーム』の元職員たちだなっ」

「おたく、B級ホラー映画を観過《みす》ぎたようだな。生首が三つも冷凍保存されてたなんて話は、まったくリアリティーがないよ」

「おれたちは、パーツも生首も自分たちの目で見てるんだ」

「そう思いたいんだったら、そう思えばいいさ」

「いま、何時なんだ？」

唐木田は話題を変えた。

「午前六時過ぎだよ。おたくの同僚に化ける男は、午前九時半にここに来ることになってる。東都医大でドナーから肝臓が摘出されるのは、午前十時ジャストだ。全日本臓器移植ネットワークのスタッフがアイスボックスを取りに行くのは、十時二十分ごろという情報を掴んでる。おたくは、その数分前に凍結された肝臓を手に入れるんだ。しくじったら、診察台の男から殺すことになる。仮におたくが途中で逃げても、浅沼にはあの世に行ってもらう」

「おれは逃げたりしない。移植用肝臓は必ず手に入れる」

「頼もしいね。まだ時間があるから、少し体を休めておくんだな」

波崎がそう言い、唐木田を押し倒した。唐木田は達磨《だるま》のように転がった。怒りが膨《ふく》らんだが、ぐっと堪《こら》えた。

いたずらに波崎を刺激したら、見せしめに浅沼がメスで傷つけられるかもしれない。とっさに唐木田は、そう考えたのである。

「おれも仮眠をとらせてもらう」

波崎が片膝を床に落とし、針金で唐木田の両足首をきつく縛った。それから彼は、すぐに診察室を出ていった。

「ドク、最後まで諦めるなよ。ピンチとチャンスは背中合わせなんだ」

「しかし、もう反撃のチャンスは訪れないでしょう。ナーフ、東都医大に入ったら、なんとか見張りを振り切って、逃げ延びてください。おれ、もう死ぬ覚悟はできました。フランスの古城を別荘として買い取って、そこをベースに自家用ジェット機で欧州巡りをするって夢は実現させられませんでしたが、それなりに愉《たの》しい人生でしたよ。経済的に困ったことは一度もなかったし、セクシーな美女たちともベッドを共にできましたしね。もう思い残すことはありません」

「弱音を吐くな。ガンさんがおれの携帯に何度も電話してきてるんだ。ずっとマナーモードになってるんで、きっと異変に気づいてくれるさ」

「仮に岩上の旦那が吉祥寺の廃病院に回ってくれても、里村を押さえられるかどうか。望月って奴は、手強そうでしたからね」

「とにかく、お互いに最後まで希望は持ちつづけよう」

「やっぱり、チーフだけ逃げてください。それで、三人のメンバーで闇裁きをつづけてくれませんか。おれと一緒にチーソが死んじゃったら、密殺チームは解散に追い込まれるでしょう」

「ドク、自分に暗示をかけろ。おれは絶対に死なないとな」

「しかし……」

「いいから、暗示をかけるんだ。おれは少し眠ることにする」

唐木田は言って、目をつぶった。だが、いっこうに眠くならない。時間が虚《むな》しく流れ去った。波崎が診察室に戻ってきて、唐木田の足首の針金を外した。そのとき、望月がのっそりと診察室に入ってきた。右手に、マカロフＰｂを握りしめていた。

「東都医大病院まで、おたくが車の運転をするんだ」

波崎がそう言い、ニッパーで両手の縛《いまし》めを断《た》ち切った。唐木田は手首を摩《さす》りながら、ゆっくりと立ち上がった。

診察台の浅沼が目顔で別れを告げた。いつになく真剣な眼差《まなざ》しだった。死の予感が消えないのだろう。

「じきに戻ってくるよ」

唐木田は浅沼に言いおき、診察室を出た。すぐに望月が従《つ》いてきた。

待合室を抜け、玄関で靴を履《は》く。三和土《たたき》には、浅沼の靴もあった。

表に出ると、すぐ目の前にライトバンが駐《と》めてあった。メタリックブラウンで、車体に全日本臓器移植ネットワークの文字が見える。

「先に運転席に入るんだ」

望月が命じた。

唐木田は運転席に坐った。望月が素早く車を回り込み、助手席に入った。車のキーはイグニッションに差し込まれている。

「芝の東都医大はわかるな?」

「ああ」

「それじゃ、すぐに車を出せ」

「わかった」

唐木田はライトバンを発進させた。

望月はサイレンサー・ピストルの銃口を唐木田に向けたままだった。すでに午前九時半を回っていた。

「少し渋滞したら、十時二十分より前には東都医大に着けないいな」

唐木田は言った。

「間に合わなかったら、先に相棒が殺《や》られるだけだ。ハンサムな野郎を死なせたくなかったら、なんとか間に合わせるんだな」

「そうしよう」

「このマカロフPbは、どこで手に入れたんだい?」

「歌舞伎町の上海マフィアから奪ったんだよ。銃器に精《くわ》しいな。前歴はどっちなんだ?」

「どっち?」

「元警官か、元自衛官なのかって訊いたんだ」

「どっち も外れだ。昔、麻薬取締官《マトリ》をやってた。わずか三年半で、やめちまったがね。危険な仕事なのに、俸給はひどく安かった。それで、ばかばかしくなったんだよ」

「で、用心棒兼殺し屋になったってわけか」

「ま、そんなとこだ」

「里村とは、どこで知り合ったんだ？」

「東京競馬場だよ。おれはドクターの持ち馬に入れ込んでた時期があるんだ」

「そういうつき合いだったのか。あんた、祖父江のペニスをちょん斬って、奴を刃物で傷つけて死なせたな？」

「…………」

「香桃《シャンタオ》まで殺《や》る必要はなかったはずだ。あんたは人殺しそのものが愉《たの》しいようだなっ」

「好きなように解釈してくれ」

「祖父江は、なぜ殺されなければならなかったんだ？」

「もう何も喋る気はない。運転に専念しろ」

望月が硬い表情で言い、口を噤《つぐ》んだ。

唐木田は黙ってライトバンを走らせつづけた。目的の大学病院に着いたのは、十時十六分過ぎだった。

望月に指示され、唐木田は車を救急用出入口の近くに停めた。搬送車を先導するパトカーは、まだ到着していなかった。

「二階の手術室の前で、神田《かんだ》という執刀医を待て。アイスボックスを受け取ったら、すぐに車に戻るんだ」

「わかった。全日本臓器移植ネットワークのコンピューターに侵入して、きょうの情報を盗み出したんだな?」

「余計な口は利くな。よし、行ってこい」

望月が言った。

唐木田は速《すみ》やかに車を降り、大学病院の中に入った。エレベーターを使って、二階に上がる。

手術室は造作なく見つかった。一分ほど待つと、手術室から緑色の手術着をまとった四十年配の男が現われた。両手でアイスボックスを抱えている。神田という名の執刀医だろう。

「全日本臓器移植ネットワークの中村です」

唐木田は、もっともらしく言った。相手がマスクを外した。

「ご苦労さん！　一秒でも早く臓器を先方さんに届けてくれないか」

「はい。それでは、お預かりします」

唐木田はアイスボックスを両手で受け取った。拍子抜けするほど軽い。

「急いで、急いで！」

相手が急《せ》かす。唐木田は挨拶もそこそこにエレベーターに乗り込んだ。

ライトバンに戻ると、望月が目顔でアイスボックスを後部座席に置けと指示した。

唐木田は従順に指示通りに動き、運転席に乗り込んだ。

「波崎診療所に引き返せ」

望月がサイレンサー・ピストルの先端で唐木田の脇腹を軽く押した。

「あんた、里村に特別な恩義があるわけじゃないんだろ？」

唐木田は訊いた。

「まあな。それだから？」

「移植用肝臓を横奪《よこど》りして、レシピエントの身内に好きな額で売りつけたら、どうなんだい？　そうすれば、あんたはまとまった金を手にできる」

「その代わり、自分たち二人を見逃せってことか？」

「あんたは、このライトバンでアイスボックスごと消えてくれればいい。おれは太子堂の診療所に戻って、仲間を救い出す。損はない取引だと思うがな」

「狡辛《こすから》いことは好きじゃないんだ。黙って運転しろ！」

望月が突き放すように言った。

唐木田は溜息をついて、ライトバンを走らせつづけた。四十分弱で、波崎診療所に着いた。

望月が先に車を降りた。唐木田は拳銃で威《おど》されながら、診察室に連れ込まれた。

診察台の上の浅沼は、小さな寝息をたてていた。

「また、麻酔注射を使ったな」

「そうだよ。おたくも、もう一度眠ってくれ」

波崎が近づいてきた。針を上に向けた注射器を手にしていた。望月が唐木田の片腕をむんずと摑んだ。

唐木田は逃げられなかった。波崎が唐木田の左腕の袖口を捲《めく》り上げ、注射針を突き立てた。麻酔溶液は、瞬《またた》く間に体内に注入された。

それから二分も経《た》たないうちに、唐木田は目が霞みはじめた。足腰にも力が入らない。と思ったら、体が頽《くずお》れた。それきり何もわからなくなった。

それから、どれほどの時間が経過したのだろうか。

唐木田は火の爆《は》ぜる音で、われに返った。すぐそばに、浅沼が横たわっていた。どちらも体の自由は利く。

バンガローの中だった。小窓の外が明るい。炎の明かりだった。床が湿っている。油臭い。一面に灯油が撒《ま》かれたのだろう。

昏睡中に、このバンガローに連れ込まれ、火を点けられたのだろう。

唐木田は跳《は》ね起き、浅沼を揺り動かした。

だが、浅沼は目を覚まさない。唐木田は浅沼を左肩に担《かつ》ぎ上げ、バンガローのドアに歩み寄った。

外から錠が掛けられていた。唐木田はドアを懸命に蹴った。十数回蹴ると、錠が弾け飛んだ。

唐木田は火の点いたドアを蹴破り、バンガローの外に出た。

そのとき、闇の奥から銃弾が飛んできた。銃声は聞こえなかった。暗がりの向こうに、マカロフPbを持った望月がいるにちがいない。

唐木田は浅沼を担いだまま、バンガローの横の林の中に逃げ込んだ。

銃弾が追ってきた。林の斜面を下《くだ》る。

樹木が途切れたあたりで、唐木田は足を縺《もつ》れさせてしまった。倒れた瞬間、無意識に浅沼を抱き寄せた。

そのまま二人は一気に斜面の下まで転がり落ちた。

灌木《かんぼく》の繁みに突っ込む形で、ようやく唐木田たちの体は静止した。浅沼が意識を取り戻した。

「チーフ、なぜ、おれたちはこんな所に……」

「あとで説明する。しばらく口を利くな」

唐木田は浅沼に言い、斜面を透《す》かして見た。動く人影はなかった。銃弾も放たれない。

「望月がおれたち二人をバンガローの中に閉じ込め、灯油をぶっかけて火を放ったにちがいない」

「つまり、おれたちをバンガローごと焼く気だったんですね？」

「そういうことだろうな」

「ここは、どこなんでしょう？」

「わからないが、東京からそれほど遠くない場所だろう。奥多摩か丹沢あたりかもしれない」

「チーフのおかげで命拾いしました。恩に着ます」

「水臭いことを言うな。それより東京に戻って、吉祥寺の廃病院に行ってみよう」

唐木田は先に立ち上がった。浅沼も身を起こした。

二人は杣道《そまみち》を辿って、山道に向かった。

4

焦《あせ》りばかりが募《つの》る。

唐木田は喫《す》いさしの煙草の火を揉み消した。弾みで、灰皿から吸殻が零《こぼ》れた。自宅マンションの居間だ。

奥多摩のバンガローから命からがら脱出したのは、五日前だった。

唐木田と浅沼は麓《ふもと》の町で無線タクシーを呼び、吉祥寺の廃病院に乗りつけた。だが、すでに里村の姿はなかった。

地階の大型冷凍庫も空っぽだった。三つの生首もどこかに持ち去られていた。唐木田たちは太子堂の波崎診療所に回った。しかし、波崎はどこにもいなかった。

唐木田たちは永福町にある里村の自宅を探し出し、電話保安器にヒューズ型盗聴器を仕掛けた。だが、未だに里村や波崎の隠れ家《が》はわからない。

生田の『悠楽園ホーム』には、メンバーたち三人が交代で張り込んできた。だが、坪内理事長は里村と接触する気配がない。

密殺チームのアジトのプールバーに手榴弾《しゅりゅうだん》が投げ込まれたのは、昨夜だった。

幸いにも、店内には唐木田しかいなかった。スツールとビリヤードテーブルが破損してしまったが、唐木田は無傷だった。

おおかた望月の犯行だろう。唐木田は爆煙を払いのけ、すぐさま『ヘミングウェイ』を飛び出した。しかし、犯人らしい人影はどこにも見当たらなかった。

店内を片づけはじめたとき、三台のパトカーが駆けつけた。近所の住民が手榴弾の炸裂音《さくれつおん》を聞き、一一〇番通報したのである。

唐木田は警視庁機動捜査隊初動班や四谷署の刑事たちから、長々と事情聴取された。ポーカーフェイスで、まるで心当たりはないと繰り返した。

東都医大から騙し取った移植用肝臓については、なぜだかマスコミで報じられなかった。里村は唐木田が警察に通報するかもしれないと判断し、レシピエントの身内に肝臓の買い取りを要求することを諦めたのだろう。そうだとしたら、臓器を提供したドナーの善意は報われなかったことになる。

コーヒーテーブルの上に置いた携帯電話が着信音を奏《かな》ではじめた。

午後三時過ぎだった。唐木田は携帯電話を耳に当てた。

「親分、おれだよ」

岩上だった。

「里村と坪内の接点がわかったんだね？」

「ああ。坪内も、かつては馬主だったぜ」

「そうだったのか」

「もっとも坪内の持ち馬は華々《はなばな》しく活躍することもなく、前肢《まえあし》を複雑骨折して薬殺されちまったんだがね。二人の持ち馬は、茨城の同じ厩舎《きゅうしゃ》に預けられてたんだ」

「そんなことから、里村と坪内は親交を重ねてきたわけか」

「そうなんだろう。それからな、同じ厩舎にある特殊法人の公団理事長がサラブレッドを二頭預けてることがわかったんだ」

「特殊法人か」

唐木田は呟いた。

与党は特殊法人の改革を大胆に推《お》し進めてきた。日本道路公団、本州四国連絡橋公団など七十七の特殊法人と八十六の認可法人が廃止や民営化された。大半の特殊法人が巨額の有利子負債を抱え込み、国の〝お荷物〟になったからだ。

たとえば、日本道路公団は二十四兆円もの借金に喘《あえ》いでいた。何かとマスコミに取り上げられた本州四国連絡橋公団は三兆八千億円の有利子負債があり、年間の利子だけで千四百億円も払わなければならなかった。収入は約八百七十億円だった。民間企業なら、とうの昔に倒産していただろう。

そのほか水資源公団など事業として成り立っていない特殊法人が少なくなかった。特殊法人の子会社のような存在の公益法人も赤字に苦しめられている。

国は毎年五兆三千億円を特殊法人に注ぎ込んでいる。特殊法人を半分か三分の一ほど廃止すれば、行政改革の効果も出てくるだろう。

しかし、そう簡単に特殊法人を廃止したり、民営化はできない。特殊法人にはそれぞれの設置法があり、どこも永遠に存続することが前提になっているからだ。廃止するには、新たな法律をつくらなければならない。

それをクリアしても、失業者や族議員たちの不満を解消する必要がある。といって、特殊法人や公益法人の見直しをしなければ、日本の経済はさらに悪化するだろう。

「ガンさん、その公団理事長のことなんだが、道路関係の公団なの？」

「いや、石油関係の公団だよ。確か行政改革担当相の私的諮問《しもん》機関が、その特殊法人の廃止案を決定したはずだ」

「そのニュースは、テレビで観《み》た記憶があるな。石油開発への投融資や石油備蓄といった主要事業をやめさせ、できるだけ早く公団を廃止させるって内容だったんじゃないかな」

「ああ、そうだよ。それから公団傘下にある百社以上の石油開発会社を統合するって計画だったな」

「その理事長の名前は？」

「国松昭如《くにまつあきゆき》、六十二歳だ」

「六十過ぎなら、公団が廃止になったら、もう天下り先はないだろうな」

「親分、国松も一連の犯行《ヤマ》に関わってるかもしれねえと……」

「これといった根拠があるわけじゃないんだが、その人物は里村や坪内と接点がある。それに、まだ枯れる年齢《とし》じゃない。公団理事長なら、五、六千万の退職金は貰えるだろうが、愛人がいて、子供たちがパラサイト・シングルだとしたら、楽隠居ってわけにはいかないんじゃないのかな」

「少なくとも、何頭も競走馬を所有するだけの余裕はねえだろうな」

　岩上が言った。

「ガンさん、国松の私生活をちょっと調べてもらえないか」

「あいよ。それはそうと、そろそろ坪内を拉致して、ドクんとこの地下室で締め上げてもいいんじゃねえの？　そうすりゃ、里村や波崎の居所を吐くだろうし、国松もつるんでるのかどうかもわかるだろう。きょうは、女社長が坪内に張りついてるんだったよな？」

「ああ。これから、おれも生田に行ってみようと思ってたんだ。きょうも坪内が何も動きを見せないようだったら、奴を引っさらおう」

　唐木田は電話を切り、外出の支度に取りかかった。

　部屋を出て地下駐車場に降りたとき、麻実から連絡が入った。

「報告が遅くなったけど、いま坪内はシーマを多摩市桜丘の邸宅街に乗り入れたわ。この近くに、里村と波崎の隠れ家があるんじゃないかしら？」

「そうかもしれない」

「あっ、シーマが大きな邸《やしき》の横に停まったわ」

「麻実、坪内がその邸宅に入ったら、表札を確かめてくれ」

「了解！　坪内が車を降りて、邸宅に吸い込まれたわ」

「さりげなく門の前を素通りするんだ」

唐木田は言った。ややあって、麻実の声が耳に届いた。

「表札には、国松と出てたわ」

「それは間違いないんだな？」

「ええ。何か思い当たる人物なのね？」

「ちょっとな」

唐木田は、国松昭如について語った。さらに自分の推測も喋った。

「国松邸は二百五、六十坪はありそうだったわ。広いカーポートには、ベンツ、ジャガー、BMW、ボルボ、ジープ・チェロキーが並んでた。かなり贅沢《ぜいたく》な暮らしをしてるみたいよ」

「そうか。いったんリッチな暮らしをすると、なかなか質素な生活には切り換えられないもんだ。国松が公団理事長のポストを失うことを予想してたとすれば、ダーティー・ビジネスに手を染める気になるかもしれないな」

「ええ、そうね」

麻実が国松の自宅のある場所を詳しく教え、先に通話を切り上げた。

ぎだった。

唐木田はレクサスに乗り込み、国松邸に急いだ。目的地に着いたのは、四時数分過

国松邸の前の路上には、まだ坪内のシーマが駐《と》めてあった。麻実の赤いフィアットは国松邸の隣家の生垣《いけがき》に寄せられている。

唐木田はフィアットの先に車を停めた。そのとき、麻実がフィアットを降りた。

唐木田は助手席のロックを外した。ほどなく麻実が車内に乗り込んできた。

「坪内が国松と競走馬の話を長々と喋ってるとは思えないけど、俊さんはどう思う?」

「おそらく坪内は潜伏中の里村と波崎のことを国松に報告し、廃病院から運び出した人体部品や生首の処分の方法を相談してるんだろう」

「わたしも、そう思うわ。このあと、坪内が里村たちのいる隠れ家に行ってくれるといいんだけど」

「そうは事がうまく運ばないだろう。多分、坪内は国松邸を出たら、まっすぐ生田に戻るんじゃないのかな」

「それじゃ、どこかで坪内の身柄を確保する?」

「ああ、そうしよう。人目のない通りでシーマを立ち往生させて、おれの車のトランクに押し込む。麻実、ドクから貰った麻酔注射セットは持ってるな?」

「ええ、わたしの車のグローブボックスに入ってるわ」

「そうか、それじゃ、段取りを決めておこう。おれが頃合を計って、シーマをストップさせる。レクサスはそのままにしておく。そっちは、シーマの尻《けつ》までフィアットを寄せてくれないか。二台の車に挟まれた坪内は車を降りて、おれに文句を言いにくるだろう」

「そのとき、わたしは坪内の背後に忍び寄って、首の後ろに注射針を突き立てる。そういう流れね？」

「そうだ。うまく注射できなかった場合は、おれが坪内に当て身を見舞う」

「わかったわ」

「もう自分の車に戻ったほうがいいな」

唐木田は言った。麻実がレクサスを降り、フィアットの運転席に滑り込んだ。

坪内が国松邸から現われたのは、数十分後だった。

シーマは生田方面に向かった。数キロ先の空き地だらけの地区で、唐木田たち二人は坪内の車を立ち往生させた。

クラクションを鳴らされても、唐木田はレクサスから降りなかった。予想通りに事は運んだ。麻実は手際《てぎわ》よかった。唐木田は、意識を失った坪内をレクサスのトランクルームに入れた。

レクサスとフィアットは、広尾の浅沼美容整形外科医院に向かった。拉致現場から遠ざかると、唐木田は電話で浅沼と岩上に招集をかけた。

浅沼の自宅兼医院に着いたのは、六時前だった。夕闇が濃い。

唐木田は坪内を肩に担ぎ上げ、地下室に運び入れた。すでに浅沼と岩上が待ち受けていた。

麻実が手早く坪内をトランクス一枚にして、両手首をロープで縛りつけた。岩上が滑車で坪内を天井近くまで吊し上げた。その真下には、クロム硫酸を張った液槽がある。

「親分、国松には愛人がいたよ。元脇役女優の四十女だ。それから、三十一歳の倅《せがれ》が金喰《く》い虫だったよ。ベンチャービジネスをいろいろ興《おこ》してるんだが、どれも経営に失敗してる」

「なら、国松がダーティー・ビジネスに手を染める動機はあるな」

唐木田は言って、かたわらの浅沼に目配せした。

浅沼が液槽に歩み寄り、メスを握った右手をほぼ水平に泳がせた。坪内の腹部に赤い線が走った。血だ。傷は浅かった。

坪内は小さく唸ったが、まだ麻酔から醒《さ》めない。すかさず岩上がロープを緩《ゆる》めた。

少しすると、坪内の両足がクロム硫酸に触《ふ》れた。クロム硫酸液がごぼごぼと音をたてはじめた。皮膚の焦げる臭《にお》いが立ち昇り、白煙もたなびいた。

坪内が凄まじい悲鳴をあげ、両脚を縮めた。

「やっと目が覚めたな」

唐木田は坪内を見据えた。

「あ、あんたは生田のわたしのケア付きマンションに来た……」

「憶《おぼ》えてたか」

「どうして、わたしをこんなひどい目に遭《あ》わせるんだっ」

坪内が喚《わめ》いて、脚《あし》をばたつかせた。岩上がロープを手繰《たぐ》り、坪内を四十センチほど釣り上げた。

唐木田は上着のポケットにさりげなく手を突っ込み、ＩＣレコーダーの録音スイッチを入れた。

「坪内、もう観念しろ。あんたは里村と共謀して、従弟の祖父江護に渋谷の大病院からフローズン・ハートを騙し取ってくれと頼んだ。祖父江は自分の手を汚したくなかったんで、マンションの間借人の矢島滋を実行犯にした。矢島は友人の高垣満と組んで、まんまと移植用の心臓をせしめた。あんたと里村は、そのフローズン・ハートをレシピエントの父親に二億円で買い取らせた」

「わたしは何も知らん」

「ま、いいさ。あんたは高垣にホームの入居者三人と元職員七人を拉致させ、里村の病院に連れ込ませた。里村は三人の高齢者を薬殺し、娘の婚約者の波崎に〝急性肺炎〟という偽の死亡診断書を書かせた。ほかにも里村は、非合法な安楽死を請け負ってたんだろう」

「わたしが入居者を里村さんに薬殺させてたって⁉　そんなことしても、わたしには何もメリットがないじゃないか」

「メリットはあるさ。あんたは、新規の入居者から一千万円前後の一時金を払ってもらえる。『悠楽園ホーム』の経営が苦しいことはわかってるんだ」

「確かに経営は苦しいが、いくらなんでも……」

「里村は七人の元職員から心臓弁、軟骨、血管、アキレス腱などを摘出し、そうしたパーツを病院や医学研究所に密売してるはずだ。おれは吉祥寺の廃病院で、冷凍保存されてた人体部品や三つの生首を見てるんだ」

「里村さんはよく知ってるが、わたしは彼に何かを頼んだ覚えはない。それから、従弟の祖父江や矢島という男の死にもまったく関与してないっ」

坪内が言い放った。

ほとんど同時に、岩上がロープを緩めた。坪内の体が下がり、両方の踝《くるぶし》までクロム硫酸液に浸《つ》かった。絶叫が高く響いた。

坪内は白目《しろめ》を晒《さら》し、身を捩《よじ》った。ロープが揺れ、滑車が軋《きし》み音を刻んだ。坪内の足は焼け爛《ただ》れ、剝《む》けた表皮が伸ばしたコンドームのように垂れていた。

「次は膝まで浸かってみるかい？」

唐木田はからかった。

「もうやめてくれーっ」

「クロム硫酸の風呂は、お気に召さないようだな」

「知ってることは何でも話すから、早く床に下ろしてくれ」

「何もかも白状したら、そうしてやろう」

「それじゃ、せめて五十センチだけ引っ張り上げてくれ。頼む」

坪内が切迫した声で訴えた。

唐木田は岩上に目で合図した。すぐに岩上が四、五十センチ、坪内を釣り上げた。

「あんたの言ったことは、だいたい正しいよ。ただ、主犯格は里村さんともうひとりの人物なんだ」

「もうひとりの人物というのは、国松昭如のことだな？」

「えっ、そこまで知ってたのか⁉」

「おれたちは、あんたが国松の自宅から出てくるのを待ってたんだ」

「くそっ、そうだったのか」

「里村と波崎は廃病院にあったパーツや生首をどこかで焼却して、人目のつきにくい場所に潜伏してるんだな。そこは、どこなんだ？」

「渥美半島の伊良湖《いらご》岬の近くに、国松さんの別荘があるんだ。里村さんと波崎君は、そこにいるよ。国松さんが、そうしろと言ったんだ。最年長の国松さんがリーダー格なんだよ。パーツと生首は、波崎君が渥美半島のどこかに埋めたはずだ。それも国松さんの指示だったんだよ」

「パーツの密売先のリストは誰が持ってるんだ？」

「それは、里村さんが持ってる。闇の安楽死ビジネスの顧客名簿は、国松さんの手許にあると思う」

「何人の人間を安楽死させたんだ？」

「十七、八人だったよ。その大半が末期癌患者で、残りは相続を目的としての殺人依頼だったんだ。そういうケースの依頼人は、資産家の放蕩《ほうとう》息子や娘だったね」

「里村が薬殺して、波崎が適当な死亡診断書を作成したんだなっ」

「そうだよ」

「なぜ、あんたの従弟は殺されることになったんだ？」

「祖父江はわたしの背後に里村さんと国松さんがいることを嗅《か》ぎつけ、二人に口止め料を出せと強請《ゆす》ったんだ。それで里村さんたちは怒って、始末屋の望月に祖父江を葬らせたんだよ。わたしが従弟によく言い聞かせると言ったんだが、二人は聞き入れてくれなかったんだ。祖父江を死なせたくなかったが、仕方がなかったんだよ」

坪内がうなだれた。

「矢島を射殺したのは、高垣だな？」

「そうだよ。望月が用意したデトニクスを使ったんだ。高垣は家出娘やホームレスの男たちを狩り集めてくれてたんで、まだ利用価値があると思ったんだが、運悪く事故死してしまった。矢島は秘密を知り過ぎてたので、里村さんと国松さんが始末したほうがいいと言ったんだ。それで、報酬に目が眩《くら》んだ高垣が……」

「フローズン・ハートでせしめた二億円は、国松、里村、あんたの三人で山分けしたのか？」

「そうだよ。主犯格の二人が七千万円ずつ取って、残りの六千万円をわたしと波崎君が半分ずつ分けたんだ」

「パーツ密売と非合法安楽死ビジネスで、どのくらい儲りたんだ？」

「総額で十四、五億円にはなってると思うが、正確な数字はわからない。国松さんが金の管理をしてるんだ。そして、年末にわれわれ四人で分けることになってたんだよ」

「そうかい。望月は伊良湖岬の国松の別荘にいるのか？」

「ああ、多分ね。もう何もかも話したんだ。わたしを床に下ろしてくれーっ」

「いいだろう」

唐木田は二メートルほど後退した。麻実と浅沼がにやりと笑い、液槽から離れた。

岩上がロープから両手を放し、後方に退《さ》がった。坪内が垂直に落下し、液槽に沈んだ。クロム硫酸の飛沫《ひまつ》が散り、液槽の中が泡立ちはじめた。録音スイッチを切る。

「渥美半島で決着をつけよう」

唐木田は三人の仲間に声をかけた。三人が相前後して、大きくうなずいた。

数秒後、垂れたロープに火が点いた。炎はゆっくりと這い上がりはじめた。

エピローグ

潮騒《しおさい》が高い。

唐木田は防風林の中にいた。伊良湖岬の近くだ。浜辺には誰もいなかった。防風林の向こうには、国松の別荘がある。

スペイン風の洒落《しゃれ》た建物だ。屋根瓦《がわら》はオレンジ色で、外壁は純白だった。

坪内を骨だけにしたのは、一昨日《おととい》である。昨夜、唐木田は国松の自宅を訪ね、録音音声を聴かせた。

坪内の声が流れはじめると、公団理事長はみるみる蒼《あお》ざめた。唐木田は、録音音声メモリーを十五億円で買い取れと迫った。

国松はしばし考えてから、裏取引に応じた。

こうして、きょうの午後五時に別荘内で十五億円の預金小切手と録音音声のメモリーを交換することになったのである。別荘内には、里村と波崎がいるはずだ。

別荘の周辺には、三人の仲間が潜《ひそ》んでいた。麻実は、国松の愛人の元脇役女優を弾《たま》除《よ》けとして確保していた。

国松の愛人は姿子《しなこ》という名で、四十一歳だ。見た目は若々しい。まだ三十四、五で通るだろう。

あと十五、六分で、約束の時刻だ。まだ国松は到着していない。

唐木田は防風林の端まで歩いてみたが、望月の姿は見当たらなかった。しかし、必ずどこかにいるにちがいない。

欲深そうな国松がすんなり十五億円の小切手を引き渡すとは思えない。唐木田はダイバーズ・ウォッチ型の特殊無線機のトークボタンを押し、浅沼に呼びかけた。

「ドク、応答しろ」

「はい、何でしょう？」

「刺客の気配は？」

「不審な人影は見当たりません」

「そうか。ドクは双眼鏡で海を監視してくれ。望月が小舟で別荘に接近するとも考えられるからな」

「わかりました。モーターボートや手漕《こ》ぎボートが浜辺に接近したら、すぐチーフに連絡します」

「水上バイク、ゴムボート、セーリングボードにも注意してくれ。いや、サーファーまでチェックしてくれないか」

「了解！」

「ドク、トカレフはハーフコックにしてあるな？」

「ええ、もちろんです」

浅沼が短く答えた。

唐木田はマカロフPbを携行していた。どちらも許《シエ》のオフィスで奪った拳銃だ。マカロフPbは二挺せしめたのである。トカレフは三挺奪っていた。

唐木田は浅沼との交信を切り上げ、岩上をコールした。

「親分、望月って野郎は防風林の中にもいなかったらしいな？」

「そうなんだ。ガンさん、別荘の庭に怪しい人影は？」

「見えねえな。里村と波崎は居間にいるが、二人とも落ち着かねえ様子だよ。立ったり坐ったりしてらあ」

「そう。望月は、国松の車のトランクに隠れてるんだろうか」

「それ、考えられるな。そうじゃねえとしたら、別荘の中で待ち受けてやがるんだろう。しかし、敵の番犬も迂闊《うかつ》にゃ動けねえ。女社長が国松の愛人《レコ》を押さえてるんだからさ」

「そうだね。しかし、望月をあまり甘く見ないほうがいいだろう」

「番犬の姿を見かけたら、すぐにニューナンブM60を吼《ほ》えさせるよ。先にシュートしても、その気になりゃ、正当防衛ってことにもできるからな」

「ガンさんは現職なんだから、できれば殺人《コロシ》はあまりやらないほうがいい」

「わかってるが、千晶のことを考えると、たとえ間接的でもフローズン・ハート詐取事件と結びついてる連中はすべて赦《ゆる》せねえ気持ちなんだ。娘は老女轢き逃げ事件の犯行現場に居合わせたため、矢島に体を穢《けが》され、覚醒剤《シャブ》漬けにされちまったんだからな」

岩上が憤《いきどお》ろしげに言った。

「そういえば、例の画像はどこにあるんだろうか。矢島の部屋にはなかったし、高垣は画像を預かってないと言ってた」

「おっと、その件で親分に報告するのを忘れてた。千晶が映ってる画像は、きのう、親しくしてる情報屋が新宿の裏ビデオ屋のとこにあるのを突きとめてくれたんだ」

「そうだったのか。で、ビデオは回収したんだね？」

「ああ、そっくりな。五百巻ほどダビングしてあったんだが、そいつも回収したよ。幸運にも、まだビデオは一巻も売られてなかった」

「それはよかったな」

「ああ、ラッキーだったよ。マスターテープとダビングテープは、別れた女房と一緒にすべて焼却した。これで、千晶も元の少女に戻れるだろう。もちろん、心の傷はすぐには消えねえだろうけどな」

「ガンさんの娘なんだから、きっと克服できるさ」

「おれも涼子も、それだけを願ってるんだ。いい大学や有名企業に入らなくてもいいから、平凡に生きてくれりゃいいと思ってる」

「それでいいんだよ。著名な作家の人生エッセイの一節じゃないが、人間は生きてるだけで意義があるんだ」

唐木田はそう言い、交信を終えた。

そのすぐあと、特殊無線機が小さな放電音をたてた。

「チーフ、応答願います」

麻実だった。彼女は望月の別荘の前の繁みの中に身を潜めているはずだ。

「国松が現われたんだな？」

「ええ、ベンツでね。いま、別荘の敷地に入ったわ。ひとりだけど、トランクの中に誰か隠れてる可能性もありそうね」

「そうだな。先におれは国松のセカンドハウスに入る。おまえさんたち三人は無線交信しながら、別荘を包囲してくれ」

唐木田は麻実に指示し、防風林を出た。

うっすらと夕色が拡《ひろ》がっている。唐木田は七、八十メートル歩き、別荘の裏庭に足を踏み入れた。

別荘は二階家で、割に大きい。間取りは４ＬＤＫぐらいだろうか。

唐木田はピッキング道具で、台所のドア・ロックを外した。土足のままでフロアに上がり、腰からロシア製のサイレンサー・ピストルを引き抜いた。

ダイニングルームに移る。無人だった。

唐木田は拳銃のスライドを引き、仕切りドアを開けた。二十畳ほどの居間には、国松、里村、波崎が顔を揃えていた。三人はリビングソファに腰かけ、何やら密談中だった。

「勝手口から忍び込んだんだな」

国松が脂《あぶら》ぎった顔をしかめた。茶系のスーツを着込み、きちんとネクタイも結んでいる。

「望月は、どこに隠れてるんだ？」

唐木田は、国松と里村に交互に銃口を向けた。一拍置いて、里村が口を切った。

「あの男は、どこかに消えてしまったよ。もともと流れ者だから、新たな雇い主を探しに行ったんだろう」

「奴は、あんたの持ち馬に惚れ込んでた。それに、忠誠心もありそうだ。二階に隠れてるのか？」

「本当に望月は消えてしまったんだ」

「ま、いいさ。パーツや生首の密売先のリスト、それから非合法安楽死の顧客名簿を出せ」

唐木田は言った。里村が目顔で正面に坐った波崎を促した。

波崎がソファから立ち上がり、書類袋を差し出した。それを受け取り、唐木田は中身を検《あらた》めた。

人体部品や生首の密売先は、誰もが知っている大学病院や医学研究所ばかりだ。非合法安楽死の依頼人は有産階級の高齢者か、親の遺産を狙っている子女たちだった。それぞれの氏名と連絡先が記《しる》されている。

「坪内の証言音声のメモリーを早く出してくれ」

国松が急《せ》かせた。

「小切手が先だ」

「実は事情があって、額面一億五千万円の小切手しか用意できなかったんだ」

「望月におれを始末させる気でいるんで、要求額の一割分の小切手にしたわけか」

「そ、そうじゃない。メモリーを受け取ったら、残金の十三億五千万円は近日中に必ず払う」

「それじゃ、それまで元女優を預からせてもらおう」

「き、きさまは姿子を人質に取ったのか⁉」

「そうだ。仲間があんたの愛人を押さえてる」

「姿子はどこにいるんだ？」

「この近くにいる。望月が襲ってきたら、あんたの彼女はすぐ始末する手筈になってるんだ。だから、妙な気は起こすなよ」

「姿子には何も罪がないんだ。彼女をすぐに解放してやってくれ」

「刺客が現われなきゃ、あんたの愛人に危害は加えない。とりあえず、一億五千万円の小切手を渡してもらおうか」

唐木田は書類袋を小さく折って、上着のポケットに突っ込んだ。

国松が懐から小切手を取り出した。唐木田は国松に歩み寄り、小切手を引ったくった。額面は間違いなく一億五千万円だった。

「録音音声のメモリーを渡してくれ」

「約束の残金を受け取ったらな」

「抜け目のない奴だ」

国松が舌打ちした。唐木田は薄く笑って、里村と波崎の頭部に無言で銃弾を撃ち込んだ。二人は短く呻き、ソファから転げ落ちた。それきり微動だにしない。

「な、なんてことをするんだっ」

「どっちも生きる価値がない人間なんでな」

「わ、わたしも殺す気なのか⁉」

「残金は明日までに用意してもらおう」

「無理だよ、そんなことは。実は里村や坪内に内緒でプール金の十億を個人的に流用してしまったんだ。息子がブロードバンド関係のベンチャービジネスをやりはじめたんだよ。しかし、まだ三億五千万円は残ってる。それをそっくりやるから、坪内の録音音声のメモリーを渡しにくれないか」

「十億負けろってか？」

「ああ。倅《せがれ》の新会社が軌道《きどう》に乗ったら、残金は必ず払うよ」

国松が言った。

「そんな当てのない話にゃ乗れないな。元脇役女優に何か言い遺《のこ》したいことは？」

「きさま、わたしも殺す気なんだなっ」

「当たりだ」

唐木田は国松の眉間《みけん》に九ミリ弾を見舞った。

国松は反《そ》り身になってから、反動で前屈《まえかが》みになった。ソファの肘掛《ひじか》けに凭《もた》れる恰好《かっこう》で息絶えた。唐木田は小切手を上着の内ポケットに滑らせ、居間から玄関ホールに向かった。

ポーチに出たとき、庭先で銃声が轟いた。

岩上がニューナンブM60を両手保持で構え、薄墨色の空を仰《あお》いでいた。パラプレーンが舞っている。軽便飛行遊具だ。

パイロットシートには望月が坐っている。スコープ付きのライフルを握っていた。

パラプレーンが低空飛行に入った。

プロペラの回転音が高く響いてくる。一人乗りの軽便飛行遊具がぐんぐん近づいてきた。

岩上が、また撃った。

だが、的《まと》を外してしまった。望月が岩上を狙い撃ちしはじめた。初弾は、岩上の足許にめり込んだ。岩上が横に跳《と》んだ。

唐木田はポーチの石段を下《くだ》って、マカロフPbの銃口をパラプレーンに向けた。望月が唐木田に気づき、ライフル弾を放ってきた。

とっさに唐木田は横に転がった。

ライフル弾は芝生の中に埋まった。唐木田は敏捷に起き上がり、パラプレーンに狙いを定めた。

望月がパラプレーンを水平飛行させはじめた。いったん逃げる気らしい。

唐木田は体の向きをわずかに変え、すぐさま連射した。

二発目の弾《たま》がプロペラに命中した。パラプレーンが傾いたとき、三弾目の銃弾が燃料タンクを撃ち抜いた。

爆発音が響き、赤い光が閃《ひらめ》いた。炎だ。

パラプレーンは炎上しながら、防風林の真ん中に墜落した。次の瞬間、ふたたび爆発音が上がった。

「親分、射撃の腕を上げたな」

岩上がそう言いながら、駆け寄ってきた。

「まぐれだよ。国松たち三人は撃ち殺した」

「小切手は？」

「手に入れたよ。ただし、額面は一億五千万円だった」

「国松は、望月に親分を始末させる気だったのさ。だから、要求額を無視して……」

「そうだったんだろう。望月は不器用な男だ。何も里村や国松のために、命をかけることはなかったのに」

「始末屋にも、それなりのプライドがあったのさ。だから、奴は逃げ出さなかったんだよ？」

「多分、そうなんだろう」

唐木田は短く応じ、サイレンサー・ピストルをベルトの下に差し込んだ。そのとき、樹木の間からトカレフを手にした浅沼が飛び出してきた。

「パラプレーンを操縦してたのは、望月でしょ？」

「ああ。もう片がついたよ。ただ、ドクにはもうひと仕事してもらうぞ」

「国松の愛人をどこかで姦《や》れって言うんでしょ？」

「そうだ。おれがセックス・シーンをデジタルカメラに収める。そうすれば、姿子はおれたちのことを誰にも話せなくなるからな」

唐木田は言って、二人の仲間に目配せした。

三人は麻実と姿子のいる場所に向かって駆けはじめた。いつしか空には淡い月が浮かんでいた。

本書は二〇〇一年十月に徳間書店より刊行された『闇裁きシリーズ④　破倫』を改題し、大幅に加筆・修正しました。

なお本作品はフィクションであり、実在の個人・団体などとは一切関係がありません。

文芸社文庫

暴挙 私刑執行人

二〇一四年二月十五日 初版第一刷発行

著 者 南英男
発行者 瓜谷綱延
発行所 株式会社 文芸社
〒一六〇-〇〇二二
東京都新宿区新宿一-一〇-一
電話 〇三-五三六九-三〇六〇（編集）
〇三-五三六九-二二九九（販売）

印刷所 図書印刷株式会社
装幀者 三村淳

ISBN978-4-286-15085-7